**Ana Luiza Tinoco | Anderson Antonangelo | Bruna Castro | Bruna Cataldi | Carla Mühlhaus | Carol Braga | Carolina Gazal | Elisa Andrade Buzzo | Ellen Lima | Flávia Six | Freda Paranhos | Gabriela Abreu | Gabriela Carvalho | Hannah Bastos | Helena Barbagelata | Hilda de Paulo | Izabelle Louise | Jamila Pereira | Jorgette Dumby | Julia Peccini | Juliana Theodoro | Larissa Cintra | Leidy Rocio Anzola Chaparro | Lia Carvalho | Lucas Augusto da Silva | Mariana Varela | Mariano Alejandro Ribeiro | Monise Martinez | Murilo B. Lense | Nina Grillo | Noemi Alfieri | Samara Azevedo | Surina Mariana**

# ~~VOLTA~~ PARA TUA TERRA:

UMA ANTOLOGIA
ANTIRRACISTA/ANTIFASCISTA
DE ESCRITORAS ESTRANGEIRAS
EM PORTUGAL

[organização]
manuella bezerra de melo & wladimir vaz

**URUTAU**
2022

O —

**editora Urutau**

rua dr. manuel pacheco nobre, 128, 5 esquerdo
2830-080
barreiro (setúbal)
portugal

rua do cajú, 478
jardim das cerejeiras, 06724-015
cotia-sp
brasil

[+351] 928053619 [portugal]
[+55] 11 9 4859 2 426 [brasil]

www.editoraurutau.com
info@editoraurutau.pt

[EDIÇÃO]
debora ribeiro rendelli
tiago fabris rendelli
wladimir vaz
[REVISÃO]
debora ribeiro rendelli
[IMPRESSÃO]
iverso
[ISBN]
978-65-5900-318-1

sumário

[163] Leidy Rocio Anzola Chaparro
[170] Lia Carvalho
[173] Lucas Augusto da Silva
[181] Mariana Varela
[187] Mariano Alejandro Ribeiro
[198] Monise Martinez
[205] Murilo B. Lense
[210] Nina Grillo
[215] Noemi Alfieri
[218] Samara Azevedo
[224] Surina Mariana

## [prefácio]

por Manuella Bezerra de Melo

Em 2020, quando pensamos pela primeira vez no projeto daquilo que viria a se tornar o primeiro volume da antologia ~~*VOLTA*~~ *para tua Terra*, um volume de poesia publicado em maio de 2021, não tínhamos dimensão do que viria adiante, das respostas que este projeto nos daria a todos que estavam nele envolvidos, a todos que viriam a se envolver nele direta ou indiretamente. Unimo-nos para empreender este livro ancorados numa angústia comum. A princípio eu, uma escritora e pesquisadora, e Wladimir Vaz, um editor destes que guia a vida por amor; ambos estrangeiros, ambos observadores assombrados de uma barbárie que parece, e já sabemos que é, cada vez mais próxima. E a seguir, os outros 49 poetas residentes em Portugal e oriundos de nove países aprovados na primeira chamada aberta do volume de poesia.

Por este motivo, este texto introdutório tem um delineamento mais pessoal. Pessoal, sim, porque tratará sobre a história do encontro de um conjunto de pessoas num país estrangeiro. Mas não por isto trata-se de um prefácio menos literário, tampouco menos político. Nem assim se propõe. Este livro que o leitor segura agora é uma antologia cujo tema perpassa pela perspectiva imigrante quanto a temáticas espinhosas da cultura, da identidade e da vida em sociedade no território português. Falamos aqui, precisamente, sobre como acreditamos e desejamos que a literatura seja uma trincheira de visibilidade, de democratização, de diversidade, mas principalmente como acreditamos que ela é a responsável por dar conta de uma parte da existência que a historiografia, e apenas ela, nunca será; os encontros, as esperanças, as subjetivações de uma parcela da população que sustenta este Portugal: os imigrantes.

Não há aqui intenção de qualquer suavização sobre qual o motivo desta antologia existir. Ela existe em pé de igualdade e equivalência por dois motivos: a literatura e a política, cujos pesos e medidas equivalentes fazem com que ela seja exatamente o que é, um projeto demarcadamente político, cuja política é sua guia, e profundamente literário, cuja literatura é seu alicerce. E dizemos isto porque sabemos que a neutralidade é uma falácia, um grande mito ocidental que ignora que todo conhecimento que produzimos está situado, ainda que se queira, ainda que não se queira.

Em 2020, tínhamos apenas a angústia, e o entorno que era uma terra arrasada que respaldava o projeto mas não só, o necessitava. Expectamos de perto a barbárie assombrados, com os olhos arregalados, e a vimos cada vez mais próxima dos nossos corpos imigrantes, estrangeiros, dissonantes em múltiplas formas. A vitória de Donald Trump nos Estados Unidos abriu as portas do inferno para aquilo que pensávamos que estivesse enterrado, mas que estava somente adormecido num sono mais próximo de um cochilo do que de um adormecer profundo. Vimos o ódio emergir à superfície da terra, e desde então partilhamos a impressão dolorosa que entornou de vez o caldo do angu deste mundo.

Claro que sabemos que as coisas não deram errado a partir daí; não somente, não especificamente. O Donald Trump é nele mesmo um sintoma do caos, o sintoma extremo, a febre em um corpo-humanidade inflamado, infetado e negligenciado por tempos sem fim. Chegou onde chegou após séculos de uma cultura norte-americana alimentada no imperialismo, no fortalecimento de indústria armamentista, na ingerência política e econômica sob povos autónomos — aka neo-colonialismo — e financiamento de guerras sobre guerras sobre guerras para justificar a circulação da sua economia de modo mais eficiente.

Os Estados Unidos nunca pararam de financiar Israel para fazer desaparecer com a Palestina do mapa, os Estados Unidos financiaram o Estado Islâmico por décadas até que se tornasse o que se tornou. Em paralelo, a América Latina convive com a superexploração do trabalho, com a interferência imperialista sempre na ordem do dia, bem como os irmãos dos países africanos; dois continentes que caminham sem o fêmur, tratados secularmente como playground dos países do centro do capitalismo ocidental. Mas sim, Trump é um marco histórico, um ponto de viragem que vem para normalizar e legitimar o terror (quantas vezes permitiremos que isto ocorra?), para torná-lo banal, ou talvez para reconvertê-lo em apreciável como já tivera sido outrora, algures, ou mesmo aqui, nesta terra.

Nós, que publicamos neste presente histórico, os leitores, artistas, agentes promotores, realizadores da cultura, pertencemos a geração das ilusões democráticas, nascidos e criados num ciclo mundial pós-guerra e formados dentro de uma suposta normalidade e estabilidade dos valores democráticos liberais que, em algum momento, pareceram credíveis para muitos. E por isso, para estes, esse ciclo histórico pareceu ainda mais espantoso: a barbárie que se levanta como se nos confirmasse ser a tradição deste terror mais comum do que gostaríamos que fosse, acesa e ardente em cada um dos muitos trumps insurgidos para que os víssemos em grande angular.

Em Portugal, os que estão aqui há algum tempo, puderam verificar gradativamente este fascismo crescer e se mostrar nas ruas, no dia a dia, prosperar, fortalecer suas estruturas. Na voz de alguém que apenas sussurrava em 2016, temos hoje, poucos anos depois, mais de dez exemplares do mais evidente fascismo no parlamento que contraditoriamente tanto se orgulha de seu 25 de abril. E este é o perigo de tratar com tolerância o intolerante, o perigo da legitimação que institucionaliza aquilo que é, na sua natureza, um pensamento criminoso.

Por isto, no primeiro volume da ~~*VOLTA*~~, o volume de poesia, contamos sobre a vida dos imigrantes. Instrumentalizamos a linguagem para alcançar aquilo que sonha, o que passa, o que sente, ou sobre como é cotidianamente ferido este corpo fora da curva pelo fascismo à portuguesa, este fascismo estrutural e cotidiano, que se expressa em uma parte considerável da população através da memória colonial, uma ferida aberta que Portugal não permite cicatrizar, e cotidianamente desperdiça a oportunidade que lhe deu o 25 de abril.

Obviamente não somos pretensiosos em crer que nosso empenho é quem vai alterar este dado cultural, mas somos suficientemente audazes em desejar com ele iniciar questionamentos necessários, porque evocamos aqui o sentido primordial latino de cultura, trazido do campo, da agricultura, cujo significado etimológico diz respeito ao desenvolvimento de atividades agrícolas, uma metáfora talvez recorrente, previsível, mas eficiente. E neste caso, é preciso sembrar novas sementes de cultura neste país para que seja possível colher, mais adiante, frutos diferentes destes amargos que comemos agora. Jogar fora as sementes de morte e plantar as sementes de vida.

São tempos duros e tempos políticos, que pedem iniciativas, pedem braços, e foi o que fizemos desde o primeiro volume da *VOLTA*. Lançada em maio de 2021, no Porto e em Lisboa, em meio a uma pandemia sanitária mundial, fizemos eventos de apresentação oficiais com filas à porta, centenas de pessoas para verem um livro ser lançado, em sua maioria artistas imigrantes sedentos por um espaço de integração, de possibilidade de existir no circuito cultural português, sedentos de partilhas de suas vivências, de encontrar corpos semelhantes com dores semelhantes. Mas, principalmente, ávidos de reestabelecer em si próprios o lugar do sonho, a hipótese de ser o imigrante tantas outras coisas possíveis para além do que é expectável que seja; e que estejamos, sim, nos cafés servindo às mesas, e nas fábricas, mas também nos espaços de poder, de decisão, de produção da cultura e do conhecimento.

E conscientes do nosso tempo histórico, desde então reunimos pessoas, artistas e escritores imigrantes, trabalhamos juntos, desenvolvemos projetos, trabalhamos em separado também, mas mesmo quando separados estivemos juntos porque a *VOLTA* converteu-se em um abrigo de guerra que se tornou alicerce para um circuito alternativo de escritores artistas imigrantes, que tem, por um lado, criado novas estruturas contra-hegemônicas nas margens, e por outro, furado aos poucos o campo de força do sistema literário e do circuito cultural português pela ousadia, criatividade e originalidade destes imigrantes exaustos dos silenciamentos constantes, históricos e seculares. Artistas que estão realizando, atravessando-os, derrubando-os. De pessoas que estão metendo seus corpos imigrantes onde não foram chamados, nos livros, nas editoras, nas galerias, nas antologias, estão realizando, estão acontecendo e sendo acontecimento neste país. E se um dia houve, já não há mais como ignorar esta vaga de escritores e artistas imigrantes porque são eles que têm movimentado, trazido novidades e deixado tudo mais interessante, importante e questionador.

Temos acompanhado com alegria o trabalho de artistas enormes que estiveram conosco no primeiro volume, que evito citar por receio de cometer injustiças, mas que vemos o crescimento, o reconhecimento, a ocupação dos espaços deste território sistema de cultura que também nos pertence, mas ainda mais, deste território Portugal que fincamos bandeira, trazendo um projeto de diversidade, multiplicidade, democratização, e de direito à literatura para todas as pessoas, empenhados em ajudar a frear este novembro sem fim e fincarmos definitivamente os valores de abril em Portugal.

Agora, voltamos para apresentar este novo volume da *VOLTA*, desta vez em prosa. Contos, relatos, crônicas cujo trabalho de linguagem é ancorado nesta vivência tão pessoal quanto política que é a vida imigrante, pessoas cujos pés caminham em diáspora, cuja deslocação do corpo promove a deslocação do próprio eixo da terra. Trazemos um novo livro ainda mais feminino que o anterior, posto que dos 34 selecionados, 30 são mulheres, incluindo mulheres trans, afrobrasileiras ou afroeuropeias, e indígenas, que partilham generosamente sua literatura para mostrar-nos como pode ser abundante a existência neste planeta. Com ele, portanto, ampliamos ainda mais nossa ação, nossa atuação, nosso empreendimento anticolonial. Agregamos mais vozes a esta família, mais membros a este corpo disfuncional, porém belo por ser múltiplo. Com ela, ganhamos mais braços para a luta, mais pernas que caminham, mais gargantas que gritam, mais ouvidos que escutam. Para cada autora e autor aqui publicado, um novo realizador imigrante na literatura, no circuito de cultura, que firma o compromisso de fazê-la ecoar.

A imigração é um labirinto, dizia a primeira ~~*VOLTA*~~. E agora complemento que viver longe é como caminhar neste labirinto sem um membro. Se você se desloca, ainda que nunca tenha perdido um braço, nem um olho, nem um membro físico, sentir-se-á sempre aleijado. E pensar em aleijado, na palavra, faz-me lembrar que em algum momento fomos um só povo latino. Em espanhol, a palavra 'alejarse' vem de 'lejos', que significa longe, justamente distanciar-se. Em português, o que significa perder um membro, aleijar-se, soa como a palavra no espanhol, o que no fundo, se pensarmos bem, é exatamente a mesma coisa. Apresentamos, portanto, a ~~*VOLTA*~~ para tua terra em prosa como um pequenino, mas atrevido, contributo a um projeto de emancipação. Algo que nos aproxima e traz sentido de cidadania e pertença enquanto imigrantes que vivem em Portugal. Algo que nos devolve o membro que falta; uo membro que nos foi arrancado, mas que estamos aqui juntos para buscá-lo de ~~*VOLTA*~~ mas ainda maior do que isto, nos transcende o corpo indivíduo e nos torna multidão, porque com ela não terminamos em nós mesmos.

# ANA LUIZA TINOCO NASCIMENTO

é uma poeta potiguar. Nascida e criada na cidade do sol, no cu do elefante do Brasil, nas veias da América Latina. Re-nascida e descriada em Portugal. Obcecada pelas palavras. Produz palavra falada, tendo sido a ganhadora do *Poetry Slam Coimbra 2020* e finalista do *7° Portugal. SLAM! — Festival Internacional de Poesia e Performance.* Produz palavra escrita, com publicações no primeiro volume da *Volta para tua terra: uma antologia antirracista/antifascista de poetas estrangeirxs em Portugal,* da Editora Urutau; no livro *Potências feministas: letra e voz*, da SESLA: linha editorial; nas zines *poetizando o feminismo* da ONG brasileira *não me kahlo* e *sutura* da produtora potiguar "anzóis" e nas revistas nordestinas *Mormaço, Tamarina* e *Cassandra*. É cofundadora do coletivo de poesia de mulheres migrantes *Slam das Minas Coimbra*. Autora do livro *pororoca* (Urutau, 2022) e *Insulto à Decência* (Hecatombe, 2022).

## quem é você pra derramar meu munguzá?

num bastasse a primeira rejeição pelas vísceras de mainha, fui expulsa do útero manso e aconchegante de ponta negra direto pra barcelos, a terra em que até galo morto ressuscita pra provar a inocência do homem (assim, com minúsculas mesmo). cantando sentenças, amaldiçoando os nós e rebobinando o tempo.

quando as águas quentinhas rebentaram de repente era idade média e o galo que cantava a ópera dos dias frios era eunuco, castrado pelo que um dia viria a ser a língua anacrônica de salazar.

arrancada da minha terra
natal

o galo aleijado que amaldiçoava os nós e tentava destruir os meus laços, não imaginava que escrever era a memória primeira e a última tentativa de num me agarrar naquele cordão umbilical e acertar o nó mal dado pelo carrasco. desde então posiciono meu estômago cada vez mais voltado às veias entupidas da américa latina, com jeito de gente que não compreende como é possível amar tanto assim um continente que sangra, o suco de caju que amarra a garganta e o cheiro de mijo dos blocos de rua. mas ama.

pois bem, vou pedir licença pra contar a minha história e, de quebra, irritar esse danado desse galo.

quando desembarquei no reino dos descendentes de viriato fui logo notando umas presepada. tu acredita que pra ser gente aqui precisa de um atestado por escrito de dois cidadãos do reino de barcelos? tô te dizendo, omi. se seu manuel ali da padaria do bairro num for com a tua cara, lascou-se.

dos mesmos criadores do sistema feudal adotado por esse povo, em que o senhorio toma as rédeas da sua vida vassala e bárbara, não suficientemente civilizada para transitar com autonomia pelas terras do oitavo conde de barcelos.

não suficientemente civilizada para transitar com autonomia e num tropeçar na praga dos labiritos de kafka e seus processos e ratos e porões.

outra curiosidade: na terra dos descendentes de viriato nem viriato é barcelense.

e apois, na terra dos descendentes de viriato até viriato queria ser espanhol. mas essa história eu deixo pra valter hugo contar, coisa que ele faz bem melhor quando não tenta transformar o brasil em "os miseráveis".

mas as doenças de barcelos não param por aí. durante a entrega do prêmio camões do reino de barcelos, brasil e algarves, conheci meu amigo josé luandino vieira, e ele num contou conversa, rasgou as resenha tudinho, tim tim por tim tim.

"para um traje a rigor, um português a rigor", ele contava reproduzindo o burburinho que vinha do júri.

queriam dar o prêmio a uma poeta que não falava o *português de camões.*

oxe, tu ja pensasse que ultraje??

alguém precisa urgentemente avisar a esse senhor que viriato era cigano.

c i g a n o.

essa eu pagava pra ver, camões mordendo a própria língua e sapateando na tumba ao som da guitarra flamenca.

ó, insensato destino o que não seja o fado.

mas... voltando à poeta.

soube que ela findou foi rejeitando o prêmio, afinal era tanta a sujeira dos labiritos e processos e porões e ratos das palavras cruzadas dos tais descobridores que se a poeta insistisse em ali amolar a faca com a sua língua ficaria muda. entortando o arado e deformando a terra.

é, num sei, só sei que foi assim... furdunço dos brabo.

mas eu é que num me meto nessas confusões, esse povo do português "correto" que se entenda, afinal eles falam a merma língua, né não?

fico aqui bem caladinha módi seu manuel ali da padaria num se enfezar comigo e revogar meu atestado de gente.

vou mimbora encher o bucho mais meu cumpadi luandino que tem mais futuro, visse.

e, enquanto a lua põe um ovo, devoramos o galo eunuco do tempo.

à cabidela.

# ANDERSON ANTONANGELO

é paulistano de 83. Professor, tradutor, escritor. Autor de *Fastasmagorias* (Gota, 2018), *Ruminações* (Chiado Books, 2020) e *Diástoles* (Urutau, 2021). Cofundador do Coletivo Sinestéticas. Editor da revista *Agagê80*.

XX/XX/XX – XX:XX

Cheguei, amor, ufa! Tava uma fila pra passar pela alfândega e tal, me fizeram abrir mala, aquela coisa padrão, mas depois de um tempo me liberaram e tava tudo certo. Foi muito bonito quando o avião tava descendo e vi Lisboa pela primeira vez! Acho até que vi a Torre de Belém, tenho quase certeza! Minha avó ficaria super emocionada se soubesse disso. Vou agora ver como faço pra pegar alguma condução aqui e falamos mais tarde, amor! Te amo.

XX/XX/XX – XX:XX

Sim, foi tranquilo, amor, consegui me instalar certinho. É um quarto, divido uma casa com uma galera, mas parece que é tudo calmo. Por enquanto é o que dá pra pagar antes de conseguir um trampo fixo, e tá ótimo assim. Não entendo muito bem o que o senhorio fala, mas já entendi que vou precisar de um atestado de moradia e uns outros documentos pra regularizar a situação direito. Agora é correr atrás da papelada pra trabalhar o quanto antes, né? Beijos pra ti, linda.

XX/XX/XX – XX:XX

Tem sido um pouco mais complicado do que esperava com esses documentos, e o senhorio disse que não pode me ajudar, que "se fosse ajudar a todos que precisam não fazia coisa alguma da vida"... Começo a trabalhar numa construção na semana que vem, ainda meio ilegal porque os documentos não chegaram, mas tenho que pagar as contas do cotidiano, né?... Mas vou respirando e sei que tudo vai se acertar. E seu sobrinho, já nasceu? Me conta como tão as coisas por aí. Muitas saudades e te amo.

XX/XX/XX – XX:XX

Olha, amor, não vou dizer que não é puxado não, mas tudo bem, é o que tem pra hoje, e assim vou preparando o terreno pra você chegar quando tudo tiver certo. Um angolano que entrou aqui na construção essa semana disse que passou perrengue também com os documentos e que foi osso pra conseguir, mas no fim desenrolou tudo. Disse que vai me dar uma mão com isso, e já até me aliviou um pouco, quem sabe mais um mês e tanto e já tou regularizado, vamos ver. Beijo pra todos por aí, vou entrar pro turno. Te amo.

XX/XX/XX – XX:XX

Pior que não deu certo, não rolou. Não sei se é de propósito ou o quê, sabe? Fiquei dois dias inteiros ligando pro serviço de fronteiras e tal, e ninguém atende, nunca. Aí a ligação diz que você pode resolver no site, e o site diz que o serviço tá desabilitado. Aí perdi a minha folga toda pra ir lá pessoalmente tentar resolver isso, e me disseram que é mesmo só por ligação! Eu disse que ninguém atende, e disseram que sabem que o serviço tá congestionado, mas que não podem fazer nada. Eu sei lá o que fazer.

XX/XX/XX – XX:XX

Ah, amor, eu tou comendo o que dá, por enquanto. Tenho uma reserva, mas quero garantir, né? Compro as coisas baratas do mercado e faço render, e até que tem uns preços bons sim. Vou na base do arroz ou macarrão e vou misturando o que tá em promoção na hora. Já saquei onde são os mercados mais baratos também e tal. O cara não me paga, diz que tá sem grana, e é foda, vou fazer o quê? Tou ilegal no trampo, o governo não me atende, é ali ou desemprego mesmo. Espero que me pague o quanto antes.

XX/XX/XX – XX:XX

É, então, amor, acabei pedindo um dinheiro emprestado pro meu padrasto, porque não tava recebendo minha grana, mas você sabe como não gosto de pedir pra ele, porque depois parece que ele fica sempre jogando na cara. Mas não dava. E olha que o patrão disse que essa semana vai conseguir pagar, mas não tudo. Eu sei lá o que faço. Até consegui o agendamento pra entrevista de residência, mas marcaram pra daqui a quase três meses e quase ali do outro lado do país, perto da Espanha já. Vou esperar amanhã pra ver o quanto vou receber e saber direito o que faço, não tem condição de eu ficar pedindo empréstimo pra viver. Amo você.

XX/XX/XX – XX:XX

Mais ou menos... ontem eu tava voltando pra casa e vi mais uma vez pichação mandando os "zucas" voltarem pro Brasil... é o jeito que eles chamam a gente. Não foi a primeira vez, mas não te falei antes pra não desanimar, mas dessa vez bateu pesado, sabe? Comentei com o senhorio em casa, e sabe o que ele disse? Que não era mesmo justo generalizar, mas que se brasileiros não fossem tão preguiçosos e malandros, isso não aconteceria. Nem soube como reagir, entrei no quarto e chorei muito... liguei pro meu irmão e ele que me consolou. Me falou que o melhor que eu fazia mesmo era voltar. Não sei.

XX/XX/XX – XX:XX

Amor, conversei ontem com a minha mãe e acho que não consigo mais. Não sei quando vou conseguir ajeitar as coisas, se vou, e não tou conseguindo trabalhar por aqui, mesmo agora com minha autorização de residência. E eu sinto muito, muito mesmo, por estar sendo fraco, isso tá me matando, mas não quero isso pra você, e nem pro filho que a gente quer ter. Tá doendo demais e vou começar a ver como me organizar pra voltar pra casa. Ela disse que me ajuda dessa vez. Sinto muito, mas não aguento mais ficar longe de você e nem consigo te trazer pra cá.

XX/XX/XX – XX:XX

Amor, bom dia. Consegui, tou voltando. Meu voo é logo mais, em uma semana. Vou dar um jeito de segurar as pontas até lá. Te amo muito.

# BRUNA CASTRO

nasceu em 1988 em São Bernardo do Campo, São Paulo. Filha de pai baiano com mãe carioca. Há cinco anos, vive em Lisboa. Desde os cinco anos, escreve. Para pagar as contas, escreve. Para digerir a vida, escreve *newsletters*. Conta dos animais, das brincadeiras, das coisas que nossos antepassados falavam, das línguas que se misturam, das palavras que as crianças andam a inventar.

## 9 mil quilômetros sem sair de si

corta a franja pra deixar voar, poda o mal pro bem cicatrizar, envia um e-1/2 por inteiro, planeja a ida, mas planeja, respira, mas não engole, vai pra Suíça, pula a missa, muda de casa, faz um rito, dá um grito na cara da xenofobia. leva só uma muda, mas não se cale quando o calo apertar. abra o zíper, solta o sutiã, esgarça o sapato, estica o cadarço, pra não passar aperto, nem no corpo, nem no peito, muito menos no peito. peita as coisas, mas primeiro, observa, entra muda, mas não saia calada. se for preciso, vai(s) aprender o significado de participação.

mas ali, na calada, quando ninguém te vê, quando o silêncio faz aumentar o volume dos teus pensamentos, ouve. fica de olho em você. imagina, imagina uma bolha azul, transparente, tipo o líquido amniótico, que te protege, e de onde tudo se vê.

entre você e o mundo, entre você e o ar, entre o que quer vir e entre o que pode entrar, tem você. tem a sua pele. tem um mantohidro. não deixa nenhuma palavra torta te machucar.

solta o cabelo, as amarras, o rabo preso com pai, mãe, chefe, síndico. teu rabo também é solto, então dança, mesmo que olhem torto. aprende de outras gentes, se mexe pra que tudo se mexa. sente esses ossos que também são moles. amolece, amolece os pedaços. o que é mole se ajeita, ganha milhões e mil formas, o que é duro empedra, apodrece, se arrebenta, vira milhões e mil pequenos pedaços tristes quebrados na queda. a língua aqui é dura e dependendo da língua que te fala, pode ser de ferro, ferrenha.

mas olha, pra cortar os rabo preso, sair do 1/2 por inteiro, e de bem aberto o peito, às vezes, tem que virar forma de pedra, pra poder se atirar em tudo. só que a pedra sabe o que é ser líquida, porque um dia foi e um dia será outra vez.

esse é o sonho, virar uma pedra amolecida por dentro, que alcança largas distâncias sem sair um centímetro de si. que nenhum maldizer *apedreça* seu coração em terras que, por vezes, parecem desalmadas e sem corpo.

# BRUNA CATALDI

nasceu no Rio de Janeiro, em 1990. Ama música e, se pudesse escolher, na próxima encarnação voltaria como compositora-intérprete. Ou herdeira. Publicou o livro de poemas *Minha Asa é de Areia* em 2015. Gosta de mergulhar em mares e rios. Reside em Lisboa, e já morou em Amsterdam. É tutora de um gato chamado Caju.

## O desejo e seu cheiro de jaca madura ao sol

Céline Sciamma disse que, quando damos subjetividade a uma personagem feminina, lhe devolvemos os seus desejos*. Como imigrantes, somos personagens rasos, criações de um escritor preguiçoso. Quando abro a boca e escutam meu português brasileiro, vejo uma ficha se desenrolar em frente aos vossos olhos. Mulher, brasileira, jovem. A ficha está completa.

Talvez por isso me transformei numa mulher sem subjetividades, sem desejos. Sim, uma mulher brasileira não desejante. Seria uma boa bio do Tinder, quase *kinky*. Pena que não me interessa muito. Nem o Tinder, nem a sua finalidade, o sexo. Nem o que vamos fazer no final de semana, o que tem para jantar ou o que está passando na tevê.

* In: *Direito de Propriedade*, Deborah Levy.

Talvez porque, por algum tempo, meus desejos foram básicos, destes que nem contam. Desejos café-com-leite. Desejo de ir e vir, de acessar o serviço de saúde público, de alugar um apartamento, desejo de dormir. Nas noites insones pensava no meu privilégio de sentir esta sensação de impossibilidade e castração só agora, aos 30 anos. Mordia o lábio superior em meio aos meus delírios de culpa, e volta e meia sentia o gosto metálico de sangue.

Quando recebi pelo correio o cartão de residência do Serviço de Estrangeiros e Fronteiras de Portugal, abri um espumante barato que estava na geladeira há 4 meses à espera deste pedaço de plástico. Chamei uns amigos e jantamos apertados, na varanda estreita do apartamento que eu dividia com uma amiga da Galícia.

Mas, no dia seguinte, nada mudou. Mandíbula ainda rígida e dolorida, poucos euros na conta, família longe e fronteiras fechadas por causa da pandemia. E eu na cama às três da manhã, a me perguntar porque raios eles demoraram dois anos e meio para enviar a autorização de residência. Onde eu residi nestes anos senão aqui, onde eu já sei em qual prateleira está a aveia em flocos no supermercado da esquina; senão aqui, neste país no qual eu pago impostos? Afinal, quanto tempo demora para fabricar um cartão de plástico?

Ao me mudar do apartamento que dividia com a amiga da Galícia, precisei pedir para o Josja, que é holandês, ligar para os números de telefone nos anúncios de arrendamento. Isto porque, quando os senhorios escutavam meu português com sotaque brasileiro, eles me diziam (não, diziam-me) que o apartamento já estava arrendado.

"Certo, obrigada; bom dia, senhor; beijinhos, com licença." Eu desligava o telefone agradecendo, e logo em seguida pedia ao Josja para ligar e agendar uma visita ao apartamento indisponível. Para a visita, eu colocava maquiagem, perfume e a roupa mais respeitável que eu tinha no armário.

Chegando lá, era: "Boa tarde, senhor, tudo bem com o senhor, sim sim tenho trabalho e passaporte e IRS e fiador português e um bom fígado se precisar e não, eu não gosto de festas, no máximo chamo uma amiga para jantar, na verdade nem isso porque não tenho muitos amigos aqui".

A mulher mais simpática de Lisboa, a responder todas as perguntas invasivas dos senhores de olhar carrancudo, a sorrir. O sorriso estampado nas mandíbulas doloridas de raiva, ou de uma simpatia coagida, tanto faz. Um sorriso unidimensional, de uma personagem feminina escrita por um escritor homem, e facho, ó pá. FIM.

–

Espera, não pode acabar assim. Sou uma mulher, e não um homem, a escrever sobre uma mulher, oras.

–

No caminho para a pastelaria (eu disse que sou uma escritora mulher, não necessariamente original), me pego desejando. A mulher brasileira não desejante, afinal, deseja. Desejei sentir o cheiro da jaca doce e podre ao sol. Pensei em como eu detestava o cheiro quando andava pelo Largo do Machado e passava por suas jaqueiras. O Largo do Machado é uma praça no centro do Rio de Janeiro, um tanto comum; suja, barulhenta, com pontos de ônibus, senhores aposentados a jogar damas e crianças a dormir no chão. O caminho para casa era sempre estratégico por muitas razões, inclusive por causa das jacas espatifadas.

Hoje, a caminhar nas ruas de Lisboa, o que mais desejo é o cheiro da jaca a apodrecer ao sol. Cheiro de casa. Quando as narinas reclamavam, era sinal de que estava quase chegando. No caminho para a pastelaria, descobri que narinas também desejam. Faz sentido. Quando se deseja, se deseja com tudo: narinas, dedos, estômago, saliva. Eu tinha esquecido disso. E deixo aqui registrado, caso você tenha esquecido também.

Enquanto caminho e desejo, me pergunto como estão as jaqueiras do Largo do Machado. Na minha memória elas continuam a soltar jacas como bombas, sem piedade dos pedestres, de suas cabeças e narinas. O cheiro da jaca podre invadia tudo, inevitável como o trânsito constante para entrar na Rua das Laranjeiras.

O cheiro doce e podre das coisas que caem no concreto mas não sem antes nos lembrar que há terra por baixo, há floresta que não se rende à cidade e seus pontos de ônibus e suas pedras portuguesas, que ao final são apenas pedras, só que bem escorregadias.

Na pastelaria, peço dois cacetinhos sem rir, mas com um sorriso por trás da máscara. Não um sorriso de mandíbulas duras, doloridas, mas um sorriso que lembrou que deseja. Nem que seja por um segundo, nem que seja no lugar da memória, a lembrar das jaqueiras do Largo do Machado e seu cheiro de casa.

# CARLA MÜHLHAUS

é jornalista e escritora brasileira, autora das novelas Nos vemos em *Marduk* (Patuá) e *À sua espera* (Dublinense), além de alguns livros de não ficção. É mestre em Comunicação e Cultura pela UFRJ, especialista em Arte e Filosofia pela PUC-RJ e pós-graduada em Filosofia para Crianças e Jovens pela UCP-Lisboa. Colabora para a *Revista Pessoa* e vive no Porto desde 2018.

## *Ekphrasis*[*] para assassinatos

Foi a primeira vez em que habitei um seio alheio. Era pequeno, murcho, indefeso, destacado do corpo e do mundo, arrancado de qualquer sentido, coerência ou esteio. Rodeado de ondas negras de falso e volumoso luto, sem voz, e ainda assim violado em 999 impressões encadernadas com capa dura e empurrado a publicar-se sabe-se lá a que forças, ou melhor, sabe-se, a forças de opressão mascaradas com o que chamam às vezes de arte e estética, convenientes disfarces. Era um seio extirpado não só por ter sido cortado provavelmente com um bisturi, mas porque havia sido sequestrado da

* Gênero literário que consiste em uma representação verbal de uma representação visual, na definição proposta por Heffernan. Na raiz do significado de *ekphrasis* está a ideia de revelar tudo, de contar tudo. Ela abraça a prosopopeia, ou a técnica retórica **de dar voz a um objeto silenciado.** (A. W. HEFFERNAN, J. *Museum of Words — The Poetics of Ekphrasis from Homer to Ashbery*. Chicago and London: University of Chicago Press, 1993, p. 3)

sua cidade, do seu país, da sua terra. Da linguagem, do grito. Da fúria.

Não seria uma visita agradável, daquelas em que se toma um chá num dia de inverno. Sentia pontadas no peito quando entrei. É doce o cheiro de sangue, um doce enjoativo, quente e capaz de paralisar a respiração por um tempo longo demais. Sentia náuseas e aquele veludo preto em volta do seio emborrachado cobria meus olhos por dentro, meus furos de ver. Aos poucos o veludo cobriu toda a minha cabeça, ou o que sobrara dela, aqueles fios cheiravam à morte e dor, que é um cheiro ocre com cor de barro, e cutucavam minha pele com beliscões ao mesmo tempo em que se emaranhavam nos meus cabelos. Meu couro cabeludo, gelado, endureceu. Os cabelos, melados e secos como numa mistura de cal e décadas de omissão, craquelaram. Sentia aumentar a cada segundo, ou hora, não saberia dizer, a distância deles em relação ao que sobrara do meu corpo. A cabeça e o tronco ficaram no Hemisfério Norte e o resto, considerado sempre o mais importante, na América do Sul. Entre eles, um corredor de sangue.

Uma bofetada me apanhou pelo lado direito. Meus ouvidos entoaram um zumbido. Era agudo e fino e constante, não sei se algum dia ele sairá de mim, não sei bem mais o que é isso de algum dia vir a sair daqui, dessa redução do que um dia foi uma tentativa de ser alguém. Além do zumbido não escuto mais nada e por trás dos meus olhos, que na pancada deixaram de ser janelas, avalio apenas o peso opaco de um breu muito antigo dito civilizado, cobertor de veludo apodrecido. Mas consigo sentir cheiro de fumaça agora, misturado ao sangue. Consigo também pensar que a operação acabou e o médico acendeu um cigarro.

A extensão do meu corpo partido é tamanha que posso sentir mãos da América do Sul tocando meus pés, são mãos de mulheres, mãos ressecadas e cheias de calos mas também aquelas mãos bem tratadas, hidratadas e com unhas pintadas de sangue. Ele, o sangue vermelho vivo, se mistura ao meu já seco e escuro, borra de café, sangue velho e em breve esquecido, sangue adubado no calor tropical.

A mãe da Cinderela não virou uma árvore à toa, é o sangue que alimenta raízes de muitas árvores, entendo agora enquanto saúdo os vermes, muitíssimo educados. Digo a eles para se servirem à vontade, que perdoem a falta de apresentação e tempero, sou carne de segunda, mas também de terça-feira, quarta, quinta. Todo dia é dia de assassinar uma mulher, que sorte a dos vermes, tão polidos, tão gentis. Ficamos amigos rapidamente, como se nos conhecêssemos desde a estreia da humanidade. Eles teriam tanto a ensinar aos doutores desta tal terra evoluída, uma pena que não falem a mesma língua. Peço a eles para guardarem os ossos, no que eles anuam a cabeça, gentilmente, como verdadeiros cavalheiros, prometendo que sim. Os dentes, também, por favor. Junto com o alfabeto, são os únicos que duram pra sempre.

*Elizabeth Short, atriz americana, não conheceu o ano de* ***1947****. Em janeiro, aos 22 anos, foi encontrada morta num terreno baldio em Leimert Park, bairro de Los Angeles a dez minutos de Hollywood, EUA. Sua boca estava desfigurada, um dos seios extirpado e seu corpo, violentado e posado dramaticamente, havia sido cortado ao meio na altura da cintura. Alguns pedaços do seu corpo foram encontrados dentro de suas partes íntimas. O seio não.*

*Priere de Toucher*** — Marcel Duchamp
(Capa do catálogo de exibição de *Le Surrealism en* ***1947***).
Imagem Centro Português do Surrealismo / Fundação Cupertino de Miranda

** Favor tocar. (Indignada T.A.)

# CAROL BRAGA

nasceu e se criou no Recife, Pernambuco, Nordeste do Brasil. Vencedora do Festival Nacional de Poesia e Performance Portugal.Slam! 2021, representou Portugal no *Poetry Slam World Cup* 2022, em Paris. Autora do livro *Minha raiva com uma poesia que só piora* (Urutau, 2021). É cofundadora do *Slam das Minas* Coimbra, integrante da SESLA e organizadora de eventos de poesia falada em Coimbra. É militante pela educação popular e pelo direito à habitação e à terra!

## para camões

### introdução

o ~~padre~~ antónio da silva comentou no facebook depois de ouvir um poema meu que *eles* não mereciam ouvir aquele genocídio da língua e que camões deveria ser ressuscitado isso SIM é poesia portuguesa *de verdade*!

### confissão

vim aqui humildemente para confessar matei eu matei camões e deixei os ossos dele enterrados em portugal mesmo porque a carne eu comi temperada com dendê e camarão seco acompanhado de caruru vatapá e vinagrete sem cebola cortei amassei e fritei bolinho de camões e bolinhos de feijão o graaaaaaande poeta

reza a lenda que inventou a magnânima Língua Portuguesa

terminou o segundo ano de pandemia sendo mais uma receita africano-brasileira se a poesia de camões é a pedra fundadora da identidade portuguesa então nada mais justo do que virar acarajé.

**profanação**

vim aqui humildemente citar o deus da meritocracia ele é um homem branco europeu velho "em verdade em verdade vos digo defendam o mérito de ser branco" e vocês acreditaram tanto que nem perceberam as nossas independências e defenderam o direito de serem *white pardos.* o deus europeu acendeu a fogueira da inquisição me acusou de ingratidão de xingar o colonizador aí ana luiza levantou mão e questionou já colonizaram nosso povo e querem colonizar também a nossa poesia?

migrantes tem que ser gratos e obedientes nos lembram *todos los días* os gringos eu tô cheia dos silêncios-do-bom-tom que aliás são anticiência e anti-investigação.

**cenário**

enquanto testemunha a sua terra de longe a poeta amola a faca com a sua língua a faca amola a poeta com a língua da poeta que amola a faca com a língua que amola a língua com o amolador da faca língua-faca, faca ou tiro de bazuca? que arma é a língua da poeta? que língua é a faca da poeta? em que língua a faca fala? em que faca fala a língua da poeta? quais línguas são faca? e quais línguas são fala? quais poetas são faca? que línguas são amoladas? a minha língua é fala faca ou amolador? a minha língua é de poeta? poeta-faca poeta-fala GRITA poeta! mata camões! genocida da língua da língua de camões amola a faca-língua corta inteira a língua de camões*.

conclusão

enquanto testemunha a sua terra de longe a poeta *lambe* a faca que cortou a língua de camões.

* trecho do poema "a poeta amola a faca" publicado no livro *Minha raiva com uma poesia que só piora* (Urutau, 2021).

# CAROLINA GAZAL

tem 21 anos e nasceu na cidade de Campos dos Goytacazes, Rio de Janeiro. Cotidianamente extasiada pela linguagem, transita pelo tempo entre sons de acordes e palavras. Atualmente vive em Lisboa e cursa o Mestrado em Psicologia Clínica no ISPA.

## Plano de pouso

É difícil definir o sonho do invadido. O luto cheira à tinta nova. Enquanto ando em direção à padaria, estão pintando tudo de branco, como se Lisboa não tivesse sol suficiente. Eu passo a acreditar e lembro que madeira não tem cheiro de luto, madeira tem cheiro de mato em morro. E mato em morro não luta contra a morte, mas abraça o corpo com um calor de contato de água de bacia e corpo. É o calor da sopa de feijão, não é o calor dos montes de roupa. Os montes de roupa não são o meu calor, não é como eu quero mexer a sopa do almoço.

Ontem eu sonhei em branco. Um avião que nunca pousava, porque só havia ave e branco. A ave motorizada que peguei para não dizer (com o gosto mais ingênuo-brasileiro na boca) pão francês na padaria, alho francês no mercado. Cruzo a rua e questiono se o carro vai parar para eu atravessar, se ando normal o suficiente para não ser assustada. Como se alguém pudesse saber que a minha avó sabia de onde vinham os mármores do teatro da minha cidade e que aprendi desde cedo que os materiais iniciam em um só lugar. Na memória. E que me pergunto onde está a costela de Portugal, que me vê célula no interior do Rio de Janeiro em uma cidade com o nome de quem eles dizimaram. É verdade que se eu fosse o meu sonho, pisaria nessa rua costela das imposições, cruzes, origens inquestionáveis. Meus pés firmariam na terra socada pelas pedras. Eu olharia o rio da minha cidade no olho, pela primeira vez, na ardência inicial do sol, imagem que ainda não refiz. A fronteira entre o criador e criado rompida em um só gesto. Um susto. Espetáculo.

Então haveria dança e canto, o meu jeito de corpo teria tradução. A mão que eu preparo a sopa das minhas amigas brasileiras teria invadido o meu sono de ontem à noite. Eu não veria a tinta da rua branca porque eu olharia com os olhos de quem enxergava debaixo d'água. O Sol de Lisboa não doeria a pele. A língua de Lisboa não seria ordem. O potencial seria de extrapolar a memória colonizada e a mão de obra onírica (um mato em morro), o movimento de todo alimento constantemente renascendo. Uma reza em ginga, simples demais para um lugar em que a graça precisa arder os olhos.

Amanhã me lembra, por favor, de te contar o meu sonho e torce forte para a ave pousar.

# ELISA ANDRADE BUZZO

é autora de *Notas errantes* (Patuá, 2017), *Vário som* (Patuá, 2012 – finalista Jabuti 2013 em Poesia), *Canción rectrátil* (La Cartonera, 2010) e *Se lá no sol* (7Letras, 2005), entre outros. Parte de suas crônicas em www.digestivocultural.com foi reunida em *O gosto da cidade em minha boca* (Patuá, 2018) e *Reforma na Paulista e um coração pisado* (Oitava Rima, 2013). Escreve em https://rubem.wordpress.com.

## recado rupestre

não voltei para a terra do sabiá. nem para o meu aniversário, nem mesmo para as festas de fim de ano. estou aqui: alicerçada em alguma coisa movediça, enredada em letras, palavras, linhas, que vou dispondo em uma costura de teia de aranha faminta, de rede de peixe esquivo, com alguma cerimônia e certa coragem, com algum medo e na sujeição do erro, pois o tempo urge a necessidade da ação contínua

por cá continuo e fico, em parte amaldiçoada, observada por negros enxames de melros; fico, calada, estacada, percorrendo labirintos tétricos de azulejos geométricos, girando em inutilidades, debatendo inexistências, usufruindo de um banquete imaginário e medonho, cuja conta talvez não tardará a vir, assim acho eu

e se me pergunta que esmaguemos um grão de café, no campo das suposições, julgo que é um modo carinhoso de falar de minha terra, que imagino dever ser uma amplidão um pouco indistinta em sua mente, uma miragem em verdes e prazeres de uma roma grandiosa e decadente, mas também uma abóbada em que pinta imagens coloniais ritualizadas

não, é para mim que a imagem é já indistinta, salpicada de palmas de mãos que buscam agarrar-se ao tempo; e no mapa dos desejos atribuo pensamentos redondos a personagens esquálidas. quando estava na terra, aliás, não me imaginava dela, embora, agora, me imagine a ela bem colada, rebelde; às favas com o que é castiço e passadiço — mesmo que me atraia, o nosso postiço, no original

não voltei, e, quem sabe, voltarei; ou não voltarei? os pavões me interessam e me desinteressam em sua glória ilusória e óptica, com seu deslocar gritado, baixo e arredio. e eu, destronada, já num voo perdido, porque sem a mesma terra, que muda, cambia, sem o mesmo sentimento, que este se move, pois mingua ou se excede. aqui estou, parada em alguma coisa que, contrariamente, não se mexe, defronte a uma rocha empedernida na infinitude movente de uma caravela seca a espera de algo — como, se o que se esboça é um naufrágio sem mar, uma pintura desencarnada, uma corticeira descascada? — um teto em que repousar, em que não haja descompasso e se construam novas harmonias, se os cantares são adstringentes e senhoris, e minha cabeça, que custa a se sentir levantada, clarificada e austera, tem o pendor ultrarromântico dos rabiscos inconsequentes e das causas perdidas

# ELLEN
# LIMA

é poeta, escritora e pesquisadora indígena de origem Wassu Cocal. Atualmente cursa o doutoramento em Modernidades Comparadas: Literaturas, Artes e Culturas na Universidade do Minho.

## Encobrimentos

Em algum passado presente, em um ilustre espaço dedicado a intelectuais, um nobre herdeiro de heroicos navegadores portugueses carrega, em sua nau de ego, o pioneirismo de livros datados a revisão histórica. Seus escritos têm capa dura, velha e oca.

E meu corpo não está lá como corpo de gente viva, mas como carne abatida e barata.

Meu rosto, exibido em seus livros (...)

[...] bem como nos catálogos e coleções espalhadas pelo país, ecoa ensurdecedores gritos da recusa ao silenciamento. O nobre herdeiro, entretanto, não sabe ler gritos, nem ouvir palavras escritas em corpos e gestos. Sua inteligência é restrita a uma minuciosa receita de doce conventual. Em algum lugar de um passado presente, o nobre acadêmico em sua academia ensaia sobre descobrimentos de terras que os heróis descobridores nunca descobriram.

Ele.

O importante conferencista expõe em suas conferências a modernidade e a civilização que imagina que seu país tenha ajudado/feito o favor de construir. Suas teorias explicam causas e consequências como quem só pode, passivamente, constatar que o colonialismo existiu há séculos atras.

não há mais o que fazer
senão lamentar [o genocídio]
que ele mesmo sequer lamenta [de verdade]
Seguir em frente", como se o antes não tivesse existido. Como se o depois não fosse profundamente influenciado por ontem. Fala de mim e de meus irmãos para um grande público
Atento
à novidade
da crítica.

Meu corpo também não está lá.~

Nem no cínico lamento, nem na teoria vazia de efeito, nem nas cadeiras cheias de gente interessadas em expurgar seus traumas fingindo compreender o que eu senti e sinto toda vez que esfolam a minha carne. E o nobre herdeiro, consciente de sua alta intelectualidade, escreve eloquentes textos, ensaios e artigos.

Sobre mim. Sobre o que supõe que sinto.

Mas meu corpo não está lá.

Ele se recusa às palavras do nobre.

Meu corpo não está lá.

Não está no couro da sua pasta marrom, nem nas elegantes camisas de botão passadas por alguma criada. Nem nas notas de rodapé, ou na bibliografia complementar. Meu corpo só existe como carne para tua terra aberta e órgãos expostos em cima da mesa de sua aula de anatomia do outro

Em algum lugar de um passado presente, o nobre, certo de sua nobreza deita-se todas as noites em sua cama, seguro de sua contribuição para a humanidade. É que ele sabe que a história se escreve para e por quem sabe escrever em bom português [ e também pode pagar o editor]. Por isso, aceita de bom grado toda pompa, reverência e circunstâncias para si, o homem que conclui um dado fundamental para a pesquisa ocidental:

"...o melhor fruto que dela se pode tirar me parece que será salvar esta gente"

# FLÁVIA SIX

nasceu em 1994 e cresceu em Arapoti, no interior do Paraná. Formou-se em Jornalismo pela PUC-Campinas e em Línguas, Literaturas e Culturas pela Universidade do Porto. Atualmente, trabalha como jornalista, enquanto explora o mundo das letras, publicando textos autorais em sites e antologias no Brasil e Portugal.

## Exame de rotina

Entro no consultório, ela me diz para tirar tudo da cintura para baixo. Obedeço e me deito. Ela me pede para relaxar e coloca o aparelho dentro do meu canal vaginal. "De onde a menina é do Brasil?". (Eu conheço essa médica, ela gosta de falar). "Do Paraná". "Ui, estão a sofrer imenso com a seca do Rio Paraná!". "Pois". Sigo curta. Não quero ouvir português falando mal do meu país. Mas ela faz conversa. Ela analisa o meu útero listando tudo o que tem de errado no Brasil. Sei bem como essa história vai, é um exame de rotina. Ela não para. Ela quer mesmo é me convencer de que o meu país é uma merda. Ela começa a se exaltar. Ela destrava uma palavra na outra até perceber o ódio que carrega. Mas ela não percebe. Ela fala cada vez mais alto. Ela grita com um aparelho no meu assoalho pélvico.

Não é culpa dos portugueses,
os brasileiros reclamam demais,
ninguém fala da Inglaterra, da Espanha,
é só Portugal,
esses brasileiros precisam é esquecer o passado
(ela com o rosto muito perto do meu),
essa história de queimar estátua é um absurdo,
como assim questionar Pedro Álvares Cabral?,
não não não,
eles estão a manipular as pessoas,
é pior que no nazismo,
os brasileiros só exageram,
agora tudo é Portugal, tudo é Portugal,
(ela gritando cada vez mais alto),
são um monte de bosta,
isso sim,
um monte de bosta,
burros,
infantis,
manipuladores,
manipuladores,
estúpidos,
manipuladores,

(ela na ponta da cadeira,
o aparelho dentro de mim)
se o problema é no Brasil é porque é culpa do
Brasil, não tem nada a ver com Portugal,
se o filho dá certo, é mérito dele,
se não dá, é culpa dos pais???

O meu corpo exposto, eu exposta, em país oposto. Ela gritando, eu tentando não chorar. Era só um exame, eu queria ir embora. Eu queria chorar, eu não podia chorar. Ela gritando. Ela na ponta da cadeira. Ela de rosto tão perto do meu. Eu queria falar, eu não podia falar. Eu sou gatilho, sempre um gatilho. A rotina. Mas ela é simpática. Ela diz que o útero parece bem. O meu sotaque é que inverte a parte podre do avesso, como um espelho. Ela grita. Ela tem raiva. Ela acha que não é comigo. Ela é educada. Ela diz que está tudo bem com o meu útero. Ela xinga o meu povo, mas está tudo bem com o meu útero. Ela sorri. Ela grita até mostrar a verdade do outro. É um exame de rotina. Eu queria ir embora. Eu queria dizer não. Mas já não tenho nada por dentro. Ela na ponta da cadeira. O aparelho no meu corpo. Ela gritando. Ela sorrindo. E está tudo bem. É um exame de rotina. Segurar o choro e esperar passar. Eu queria ir embora. Eu queria a minha mãe. Eu queria não ter que pagar o meu lugar neste país. Eu queria não ter sotaque. Eu queria não ser. Gatilho. Brasileira. Colonizada. Foi aqui que aprendi a esconder a minha voz. É um exame de rotina. Segurar o choro e esperar passar.

A médica retira o aparelho de dentro do meu corpo, me olha simpática, sorri, e me deseja um ótimo dia.

# FREDA PARANHOS

é brasileira, transfeminista e mestranda em Estudos Cinematográficos. Escritora e roteirista, pesquisa o cinema queer como arte-resistência e vive em Lisboa desde 2019.

## Broa portuguesa

Batidas na porta depois das 23. A vizinha deve ter vindo dar-me boas vindas. Pelo olho mágico, uma senhora com o olhar impaciente. Nem pestanejei. Preparei um sorriso, abri a porta, e, na primeira fresta daquele vão que dá acesso à estreita escadinha do prédio de 3 apartamentos, algo molhado e visceral invadiu o recinto. Custei a acreditar, mas era um pedaço de pão mastigado que saíra da boca da senhora. Coitada, pensei, deve ter soltado sem querer quando foi dizer algo. Vou agir naturalmente. Vi que ela tinha uma fatia imensa de broa em uma das mãos.

Ela olhou pro emaranhado de pão e cuspe no chão da sala. Tentei ler a sua reação, já me preparava para dar um tapinha no ar e dizer que não fazia mal. Em câmera lenta: a boca dela voltou a se abrir, agora diria algo. Migalhas empapuçadas começaram a voar para todos os lados. Tomei distância. Ela deu dois passos para trás, a mastigar e cuspir mais pedaços do pão pelo corredor. Entre as rajadas de broa molhada, num rompante, suas palavras tomaram conta de todo o ambiente e ainda ecoam:

— Vocês brasileiros são todos iguais.

Caso você passe pela Rua da Atalaia, ainda poderá ouvir em looping. Tipo uma maldição enquistada que reverbera a todos os forasteiros. Um lembrete.

— Vocês são todos iguais. Não sei o que veem em Portugal. Vem para acabar com a paz de quem cá está. Vivo neste mesmo sítio há mais de 30 anos, todos aqui conhecem-me.

— Temos os nossos costumes e regras, vocês têm de respeitar. Fiquem em vosso país.

Fiquei atônita. Paralisada. Era a minha terceira noite naquele apartamento, minha segunda semana em Portugal.

A velha ao perceber que havia conseguido o que queria, deu-me as costas e subiu ao seu apartamento. Fiquei em catatonia por 3 dias. Liguei para a senhoria para saber o que poderia fazer. Ela relatou que a velha já havia tido problemas com outros inquilinos antes, nada muito grave. Me aconselhou a chamar a polícia. O contrato não pode ser cancelado passadas 48 horas, regras do aplicativo de aluguéis. Zero testemunhas. Todo o dinheiro que eu tinha.

Demorei a elaborar. A minha existência era o que havia causado o acesso de fúria. Microdoses de hostilidade-portuguesa nos dias que seguiram. A ficha demora a cair.

O pão mastigado começou a mofar no corredor, recusava-me a limpar. Algo em mim apodrecia na mesma velocidade. A velha passava por ali várias vezes por dia, e sabia que ao deixar suas entranhas espalhadas pelo caminho, reforçava o aviso. Aquilo começou a ser visitado por baratas. Vivíamos, as duas, em meio a esse regurgitar podre e fétido. O mofo tomou conta da base das paredes. O pão verde-musgo virou pó e foi soprado pelo vento dos dias. Formaram-se manchas no piso de madeira de 500 anos, que desenhavam a cartografia das navegações.

Certa tarde fui atravessada por um grito. Alto. Não calou. Veio acompanhado em seguida de um pedido de socorro, de meio lance de escadas acima das manchas de pão. E do mofo. Da decomposição do ódio. Natureza morta.

Abri a porta que sempre revelava hostilidade. Um choro copioso e desesperado. Era ela, a velha. Eu quis dar meia-volta, ignorar o clamor, calar o que ainda em mim pulsava ferida viva de quem feriu-me. Mas segui. Ela deve ter se machucado, caído, torcido o tornozelo, apurei. Comecei a subir os degraus, girei meu corpo 90 graus, bem na curva que revelava o segundo minilance de degraus fui instantaneamente capturada. Eu era a última peça daquilo que viria a seguir.

A velha usava seu próprio corpo como apoio para outro corpo não rolar escada abaixo. Demorei a processar. Na velocidade das tragédias, é claro. Milésimos. Tinha algo que se repetia. Aquele cenário de novo.

Pulei todos os degraus de uma só vez, espalmei as mãos, fiz força para sustentar um senhor muito pesado que estava estirado pela escada. A velha estava em estado de choque, gritei que ligasse para a emergência. Saiu em disparada em direção à rua, aos prantos.

Fiquei eu e aquele senhor. No instante em que o segurei em meus braços, fazendo força para que não despencasse, senti um arrepio na espinha. Seus lábios tentavam balbuciar algo, com muita dificuldade. Mussitava sua última palavra. Aproximei meu ouvido.

Murmurou o nome da esposa, achava que eu fosse ela. Foi perdendo o pulso, empalidecendo, a vida se esvaindo ali mesmo, em meu colo. Tentei encontrar algum sopro de vida. Ao levar meu indicador às suas narinas, nenhum zéfiro. Tudo ficou gelado. Questão de instantes. Um grande vazio.

Em seu retorno com os paramédicos, a senhora depara-se com seu companheiro de vida morto em meu colo. Meus lábios cerrados. Ela buscou meus olhos e soube em um instante. Nunca vou esquecer do olhar que recebe as piores notícias. Os paramédicos tentaram massagem cardíaca e o desfibrilador, ela começou a se rasgar e arrancar os cabelos.

Abracei-a com força. Bem em frente a minha porta, sob as manchas do chão. A vizinhança de 30 anos nada fez. Todos a olhar.

Recolhi-a em meu apartamento.

O corpo do marido do lado de fora. Choramos muito, juntas.

# GABRIELA ABREU

28 anos, é natural de Jacareí, São Paulo, e residente em Lisboa há 3 anos. Jornalista formada pela Pontifícia Universidade Católica de São Paulo e mestranda em Cultura e Comunicação pela Universidade de Lisboa. Poeta e Produtora Cultural, tem dois livros publicados no Brasil, *Meu caderno azul* (Scortecci, 2015) e *Uma noite no meio – poemas que fiz de ontem para hoje* (Patuá, 2019), também faz parte da antologia *Bicho mudo viro bicho* (Poemacto, 2020). É idealizadora e apresentadora do *Sarau Delas* e do podcast *Poesia ao Pé do Ouvido.*

## Eu não vou falar de costas

a poeta empolgada deixou cair cerveja no cabelo de outra poeta empolgada ao som do samba-enredo da Mangueira no Cais do Sodré. o sol se põe em silêncio sem se preocupar se alguém está a ver. chamar de rapariga não mais ofende. uma gaivota a roubar a tosta de salmão de um alemão na Ribeira das Naus — acho justo. homem europeu não contrata mulher latina. o português sugeriu que eu apresentasse o trabalho de costas. vinguei-me me apresentando todas as semanas de frente para uma plateia lotada. uma cidade, sete colinas. uma menina, sete quartos. trocou os parentes fascistas por amigos artistas. o céu aqui é mais perto — toda gente já viu. só uma mulher latina para contratar outra mulher latina. andorinhas chegam na primavera, é o barulho da felicidade. o badalar do sino da igreja faz parte da vida na cidade. eu-não-volto! o medo vem, e ela vai mesmo assim. se é imprescindível um emprego para viver, como pode não haver emprego? o Tejo me contou que os golfinhos chegaram. se puder me poupar, me poupa. se for assunto de trabalho, manda até às 20h. se for engate, não precisa. acredito em outras vidas, mas não me lembro da última e não tenho garantias sobre a próxima: essa é minha única certeza.vi num lambe: lagarta virar borboleta não é um milagre, é um processo — milagre seria um coelho virar borboleta. eu também sei falar grosso! afoguei-me, depois tive medo do mar. seria um absurdo, foi uma sorte, estou viva. minha poesia virou história. não sei mais o que escrevo: se é verso ou diálogo. quase morri afogada: a primeira onda que me acertou, me acertou.

# GABRIELA CARVALHO

é brasileira e atualmente vive no Porto/PT. Costuma ser curadora, escritora, artista, pesquisadora, cozinheira, inquieta, dançarina e jardineira — tem cultivado ervas daninhas. Atualmente faz um doutoramento em Artes Plásticas na Universidade do Porto.

**Minha querida Maria,**

Anoiteço com a lembrança do nosso último encontro. Ainda sinto o calor do teu corpo úmido abraçado ao meu naquela tarde chuvosa em que estivemos juntas na ilha. Inebriada pelos anseios de um sentimento recém-revelado em palavras, dava voltas ao medo que me soprava o estômago enquanto caminhávamos sob o mesmo guarda-chuva pelas ruas de pedra daquela que seria a imagem mais bonita que guardei de nós. Aos pés da igreja e na mirada apressada de passantes, deuses y santos, desejei entregar-me a ti como quem se atira a um mar revolto, encantada com o estrondo que faziam as ondas cada vez que meus olhos encontravam os teus. Tantas vezes desejei que aquele dia nunca tivesse fim, como se fosse possível viver na lembrança de um quase que se sabia inteiro. Sabes que busquei embriagar-me com aquela bebida verde à base de ervas que você me apresentou, só para voltar por ao menos alguns instantes para o gosto que poderia ter aquela noite? Ainda bebo vermute à hora do almoço y fumo com mais prazer nos dias frios por te saber mais perto. Ahora mismo, te siento en esta habitación conmigo.

E escucho Chavela Vargas, mas é tua voz quem me diz — *Tengo miedo de buscarte y encontrar*-me. El miedo que nos paralisou antes já não resta em dúvidas sobre mim.

Te quiero!

Y lo sé, desde este dia, sin duda. Mas agora só me resta teu silêncio que alaga as águas que nos separam, a distância que se alarga entre meus pés e a tua ilha. Como gostaria de te reencontrar no fundo do mar, onde me encontro quando te siento, te pienso — e não são poucas as vezes. Foste tu a me pedir a calmaria de um tempo necessário para a quietude das marés, para a certeza de um mergulho com os pés no chão e meses depois — séculos, em alguma dimensão — sigo a te chamar. Já não tenho medo, não de te amar, não do que parece grande demais a ponto de se tornar inominável.

Minto!

Sinto medo. Mas estou aprendendo a respirar debaixo d´água. A gozar com o encantamento que as ondas altas me trazem. É preciso mergulhar em cada uma delas até atravessar a quebra, ainda antes, soltar o corpo onde se formam as marolas e sim

— sem os pés no chão. Foram os pés despregados do solo que me fizeram atravessar mares e oceanos antes de ti. Que me trouxeram das águas quentes dos trópicos do sul para as terras frias em que me encontro agora, em busca do que ainda estou por descobrir. Entre as tantas tormentas que me encontraram no caminho, percebo que ainda faz sentido, ainda é sentido. Que por maiores que tenham sido as quedas, os embates, as brigas que precisei atravessar neste lugar, das armaduras que vesti, dos gritos que aprendi a dar, de algum veneno que aprendi com as aranhas a cultivar, por mais duros que sejam os concretos com que tentam nos domesticar, há sempre fissuras por onde a vida resiste. Há sempre ervas daninhas a brotar entre las grietas de lo que nos quer controladas. Não se esqueça, como nos disse uma outra Maria, *eu sei que minhas deusas e meus monstros sempre parecerão bárbaros e sensuais para você... Você se esquece, eu venho dos trópicos.*

Ser mulher latino-americana em terras de colonizador tem sido, para mim, viver como erva daninha, entre resistências e uma crença inabalável naquilo que germina sob a terra. Seres que migram pela força do vento, da naturaleza, daquilo que nació del azar, coincidência o destino e que jamás será consumido por el tiempo o las manos del hombre. Daquilo que persiste nas histórias, nas veias abertas que sustentam o corpo firme em cada dança, em cada gesto, em cada afeto, cada prazer que teimo y insisto em expressar. Que o amor seja, minha querida Maria, nossa maior forma de resistência.

Recuso-me a ter medo de amar, mesmo tendo medo de amar. Resisto a algo que me quer menor do que a vida pode ser, do que a vida pede. É da coragem que se consume el fuego del alma que me movimenta, que me faz desejar, crear y mesmo te escrever essas palavras em uma noite fria de inverno em que a saudade me aperta o peito. Também por isso me alimento de mais uma romã em fim de temporada, delicada, intensa y pacientemente, grão a grão, com as pontas dos dedos como ouvi certa vez na voz de Perséfone. O romance que iniciamos com a granada partilhada em poema à beira-mar segue me alimentando as imagens ainda hoje, no roçar da língua que derrama na boca o sumo adocicado de um desejo que aprendi a amar. É que amor assim *cresce primeiro, brota é depois*. Acontece repentino, se achega perto da gente quando menos se espera e rebenta num espasmo, numa revoada que se debate esparramada no peito.

Me embaralho entre as palavras de tantos que me dizem de ti e te escuto: em cada verso, em cada delírio de que segues a caminhar ao meu lado nos mínimos momentos, na manhã em que abri a janela e respirei o ar frio e úmido do Porto pelas vias dos teus pulmões ou na constância em que habitas minha mente infiltrada pelas molinhas que puseste nas ondas dos meus cabelos. Também no olhar firme e nas palavras concretas que dizias quando diante das inquietudes que nos tomavam ante as nada sutis violências incrustradas em palavras viejas das terras de cá. Mientras te escribo, tengo conmigo as velhas cartas portuguesas que me deste e que tanto dizem sobre as novas rebeliões que vêm se formando entre os ovários, rios de sangre y placer de las mujeres de cá.

Que este vulcão exploda, minha querida Maria, fazendo emergir de suas lavas, novas e outras geografias para as fronteiras del deseo. Que Safo jamais tenha sua voz emudecida entre as entranhas da poesia do velho mundo — e não só. Se é fato que *nosso silêncio não nos protegerá*, quero mais é te dizer mil vezes

— T´estim! Molt molt!

Num desejo imenso de que essas palavras ressoem em ti como estremecem a mim, *num frêmito que me abala... quase morro... eu tremo!*, como na primeira e nas tantas outras vezes que as ouvi de ti.

Me abraço à utopia de um sentimento que resistirá às distâncias, aos silêncios, aos medos e armaduras. Me agarro à fagulha que mantém aceso el fuego que me sustenta aquecida de ti, do nosso abraço infinito que se encaixa como partes de um mesmo corpo cindido em dois. Sustento a partir dos trópicos do meu corpo el deseo, a linha cozida em caldeirões de poesia e delírio que nos mantém juntas antes e agora e no porvir de algo que não tem cabimento e já é imenso.

Não sei quando poderemos nos encontrar outra vez, mas sigo certa de que meu corpo vai dar uma festa no dia em que esse momento chegar. Daqui imagino que estejas a soltar tua voz pelos ouvidos encantados do mundo, a incendiar as terras por onde derramas teus versos, a gozar dos prazeres infindos que tua presença é capaz de gerar. Vibro tua alegria, sentindo a ti, germinando também em mim, a imensidão que és e que reverberas pelos caminhos que persegues. Desejando arduamente que eles te tragam, em algum momento, de volta para mim.

Com saudades, amor, fuego y resistência,

Tua Maria.

# HANNAH BASTOS

é estudante no curso de Estudos Portugueses na Universidade do Minho. Pesquisadora autônoma nos estudos descoloniais, latino-americanos e afrocentrados. Acredita que através da escrita pode colaborar para uma sociedade justa e equitativa. Os livros são sua grande paixão, pois através deles ela pôde se descobrir como mulher negra, nordestina, latino-americana e pôde começar a (re)construir sua identidade que por muitos anos lhe foi negada pela sistema racializador, patriarcal, eurocêntrico. É paraibana e atualmente mora na cidade de Guimarães, Portugal.

## Papas de aveia

Enquanto preparava as papas de aveia, Helena refletia sobre as condições abjetas de trabalho que era obrigada a se sujeitar. Sim, era obrigada. A previsível escolha de trabalhar ou não trabalhar apenas ocorre aos herdeiros, os "escolhidos do sistema"; para a classe trabalhadora são inexistentes.

Helena acabara de acordar e, pela terceira vez esta semana, estava atrasada para o trabalho. Odiava aquele trabalho — não eram raras as vezes que trabalhava 12 horas por dia entre dois turnos que facilmente se transformavam em quatro. Odiava os outros funcionários que estavam constantemente troçando do seu *brasileiro* com piadas obscenas e, principalmente, odiava aqueles clientes que eram *amigo* do patrão — homens, em sua maioria, com poder aquisitivo, que orgulhosamente se comportavam como se tudo e todos lhes pertencessem.

Helena sabia que era julgada e exotizada, como uma fruta desconhecida, ao primeiro instante em que saía de trás do balcão para fazer o seu serviço. Era garçonete ou, como eles chamam aqui, empregada de mesa.

Nem sequer era necessário linguagem verbal, muito antes de Helena dizer um sonoro "posso tirar o seu pedido", aqueles olhares de superioridade já se encontravam em cima dela. Era vista como mais uma imigrante preta, brasileira, que veio para Portugal se prostituir ou roubar maridos alheios.

Ria-se sempre que se lembrava dessa "fama" das brasileiras em Portugal.

Continuava com os seus movimentos lentos, os olhos entreabertos e sentindo a cabeça pesada de sono. Sabia que tinha que correr para o restaurante e precisava de comer antes. Fez o que faz em todas as manhãs de atraso: papas de aveia. Pôs-se a mexer a papa para não embolar, mexia e olhava para os ponteiros do relógio, buscava na passagem do tempo alguma resposta ácida para dizer àquele cliente quando o visse novamente.

— Que audácia daquele filho da puta! invadir-me, tocar e acariciar as minhas mãos, olhando para mim com aquela cara escrota. Tudo isso enquanto eu não fazia nada mais do que o meu serviço, limpar a mesa... deveria ter cuspido nele! Deveria ter dito para ele me respeitar! Deveria, deveria, deveria... parece que meu cérebro congela... eu acho que o meu cérebro deve tentar me poupar, não sei, uma espécie de bote salva--vidas ou talvez uma espécie de dissociação crónica.

*Escritórios Helena Silva, Lda.*

— heleninha.w do Departamento de Vergonha Alheia, por favor, chame a heleninha.y do Departamento de Vingança e Planejamento! — gritou a heleninha--chefe do Departamento de Cautela e Procrastinação. — Helena, mais uma vez, está tentando entender os mecanismos que nós usamos para não sobrecarregá-la. Diz para a heleninha.y que eu quero conversar com ela. Não adianta ficar mandando informação de vingança para Helena! Ela precisa ainda muito deste trabalho!

heleninha.y entra naquele grande departamento que ocupa o 1º piso por inteiro. Um aglomerado de secretárias iguais, uma luz branquíssima como de costume, pouca ventilação e várias *heleninhas* como ela por trás de cada secretaria. Na verdade, como ela não, elas até podiam ser fisicamente idênticas, mas cada uma desempenhava funções diferentes, embora o objetivo final fosse o mesmo: manter Helena viva e minimamente funcional para o mundo lá fora.

— Chefe, a heleninha.w do Departamento de Vergonha Alheia disse-me que estava me chamando. O que aconteceu dessa vez?

— heleninha.y, aconteceu mais do mesmo. Eu já te alertei que não podes ficar mandando informação de vingança para Helena a essa hora da manhã, sabes perfeitamente que de manhã ela não funciona. Agora ela está lá, mexendo aquela papa de aveia, que mais parece um chiclete, há mais de 30 minutos! maquinando uma resposta fictícia que deveria ter dito para aquele sujeito que a desrespeitou no restaurante.

— Oh Chefe, desculpe, mas é esse justamente o meu trabalho e o das minhas meninas do Departamento. Como é que espera que Helena reaja, tome uma atitude e vá atrás do que ela realmente quer fazer na vida, se nós, do Departamento de Vingança e Planejamento, não enviarmos para ela informações de que todos esses acontecimentos têm que ser superados? E para ela superá-los, é preciso enfrentá-los! Essa passividade nunca a protegeu e não irá protegê-la. Todos nós sabemos disso. É claro que Helena deveria ter cuspido na cara daquele otário. Afinal, quem ele pensa que é? Aliás, eu acho que ela deve, assim que o vir, entrar novamente pela porta do restaurante, cuspir na cara dele e pedir demissão!

— heleninha.y, heleninha.y... sabes que eu admiro essa tua força energética, e até acho que o ódio pode ser uma força transformadora, se usado com prudência. Mas não te esqueças: quem mantém Helena viva somos nós, o Departamento de Cautela e Procrastinação. E foste chamada aqui porque eu não admitirei mais as informações do teu Departamento pela manhã. Nós precisamos manter esse emprego. Já estamos no terceiro em menos de seis meses e, se continuar assim, eu não sei como faremos com as contas, com a comida, etc.

— Mas Chefe...

— Ainda não terminei!... e ainda mais porque o Departamento de Responsabilidade acredita que devemos levar Helena à terapia. E eu concordo. Não conseguiremos ultrapassar o vigésimo oitavo aniversário sem escapar disto. O Departamento de Lembranças da Infância e Adolescência têm me pressionado muito nos últimos anos, e têm ameaçado que não irão mais segurar a onda sozinhos! Um dia desses vão trazer à tona *o Dossiê* da Helena! Ela não para de acumular traumas desde que nasceu, praticamente. Está insustentável!

heleninha.y, com ar trocista e voz sibilante, respondeu discretamente para si: — Óbvio, não tem trauma maior do que nascer preta e pobre em um país como o Brasil. E ainda ter a brilhante ideia de se mudar para a "metrópole". — O que foi que disseste? — perguntou a Chefe.

— Não disse nada, Chefe, eu já entendi a mensagem, está bem? Avisarei as minhas meninas para deixarmos de ser "vingativas" e passarmos a ser bláblábla-cautelosas. Mas lhe aviso: Helena precisa de se insurgir!

heleninha.y voltava para o seu departamento carregada de ácidos e preocupados pensamentos que iam se tornando mais intensos à medida que andava por aqueles corredores largos, de luz demasiadamente branca e que a incomodavam muitíssimo. Nunca entendeu a necessidade de tanta luz naqueles corredores.

Helena acordou do seu semiestado de transe matinal e olhou para a papa que estava seca e queimada. Mais uma vez, não teria café da manhã. Saiu de casa correndo, provida de pouca expectativa.

# HELENA BARBAGELATA

Modelo, artista multidisciplinar, escritora, activista e investigadora. Doutora em Filosofia pela Universidade de Salamanca/Universidade de Atenas. Recebeu vários prémios artísticos da Fundação Onassis, Universidade Autónoma de Barcelona, Universidade de Trieste, entre outros. Membro da *Society for Jewish Artist*s (SoJa), da *Israeli Artist Network* (AIN) *America-Israel Cultural Foundation* e da *Organization for the Democratization of the Visual Arts* (OBDK). Tem várias publicações e exposições na Europa, Israel, Estados Unidos, Austrália e América Latina. É curadora e colunista em diversas publicações literárias.

## Ahava*

*Aleph*

Diz-me, onde estarias há não muito tempo,
nós, os filhos de ninguém, a dádiva do hoje
já foi um borrão, uma pústula,
nos panfletos do ontem,
uma intersecção, malquista,
de adjectivos diabólicos,
jude, jude, jude,
diz-me, usar-te-iam como modelo,
eugénico, como a fototipia,
estampada da irreal prógenie da pátria,
só para que corrida a tela final,
te cortassem os arianos cabelos
do ouro escorchado das minas de Ofir,
vendendo cada cacho para costurar

* tradução do original do hebraico para a língua portuguesa.

uma peruca, que ornasse a cabeça
careca e putrefacta de todos
os poderes, onde estarias;

Processionando o teu escafismo
pelas ruas, com a nuca rasurada,
humilhada, *roja, roja, roja,*
e o engasgo do rícino a arder
pela garganta, vinde ver,
a desfilada, da miséria herética
do teu corpo estuprado,
por mil artilugios medievais,
mutilado, excrementado
pelas praças, entre aplausos e urros,
despejada a tua carne exposta,
de cara ao sol, a gangrenar atos
de contrição;

*Hei*

Onde estarias, *volta para a tua terra,*
*volta para a tua terra, volta para*
*a tua terra,* se lenientes,
deixar-te-iam tocar a tua

própria marcha fúnebre,
encaixar o violino do teu avô
por uma última vez,
na reentrância dos teus
ombros vazios, com o praguicida
a estertorar o teu sopro,
e um coro de vozes moribundas
clamando em crescendo,
a agarrar-se às paredes
das câmaras, para que não
as levasse a morte,

[e o teu coração, chamuscado,
atirado para dentro de um saco
como uma barra de carvão,
a aquecer as lareiras
dos senhores da guerra,
um pedaço entre os pedaços,
assim te indiciam as crianças
nas cartilhas das escolas,
a estória inscrita na rasura
da fossa comunal do tempo;

*Vet*

Levar-te-iam no camião do gado,
com o lombo inflamado
pelos ferros de marcar,
*número, número,*
*número*, queimando
rótulos e códigos de barras
de ignorância, na carne
de qualquer inocente,
de qualquer forasteiro,
sentenças premeditadas
e contagens decrescentes
para o abismo, o trabalho
liberta, mas nós,
estamos a acender
os nossos círios antes do sol
se pôr, enquanto a música
desalgema o peso da semana
dos nossos tornozelos,
e todo o trabalho é proibido,

[E um dilúvio de danças coloridas
inunda o largo como uma onda

perpétua, e a nossa canção
de liberdade, ascende
soerguida sobre as vossas ordens,
como uma carta de manumissão
rubricada pela alma mesma,

Só o *amor* poderá libertar-nos
Só o *amor* poderá
Só o *amor*

# HILDA DE PAULO

(Inhumas-GO, Brasil, 1987), por ser imigrante em Portugal, em consequência, não pertence a lugar algum, nem ao mundo dominante, nem completamente a suas próprias culturas de origem. É travesti, artista e curadora, princesinha do cerrado defensora do transfeminismo como metodologicamente decolonial e autora do projeto Arquivo Gis, membra fundadora da Cia. Excessos e da eRevista Performatus, e organizadora e diretora da Mostra Performatus. Atualmente é mestranda em Artes Plásticas com percurso em Escultura na Faculdade de Belas Artes da Universidade do Porto em Portugal, onde desenvolve a dissertação *Saberes Transfeministas como Prática de Autorrecuperação: Da Transição do Objeto à Sujeita nas Espacializações Femininas e Reelaborações de Si*. Também, nessa mesma faculdade, fez uma especialização em Práticas Artísticas

Contemporâneas e, na Faculdade de Letras dessa mesma universidade, licenciou-se em História da Arte. Tem integrado exposições coletivas nacionais e internacionais, e algumas de suas obras integram permanentemente o acervo de algumas instituições, como o da Coleção Municipal de Arte da cidade do Porto (Portugal), o do Museu de Arte Moderna do Rio de Janeiro (Rio de Janeiro-RJ, Brasil), o do Museu de Arte Contemporânea de Niterói (Niterói-RJ, Brasil) e o da Fundação Memorial da América Latina (São Paulo-SP, Brasil). Foi também criadora da palestra-performance-oficina *O Que Vem Depois da Esperança?* com produção do Teatro Universitário do Porto e contemplada pelo concurso anual de apoio à criação Criatório 2021 da Câmara Municipal do Porto, e apresentada na mala voadora (Porto, Portugal, 2022). Foi premiada no projeto Aquisições 2022 da Câmara Municipal do Porto e, em 2014, em terceiro lugar com a obra *El Minotauro #2* na categoria *Photography* no *2014 Emerging erotic artist contest* da Tom of Finland Foundation (Los Angeles, Estados Unidos). Participou das seguintes residências artísticas: TUP em Residência (mala voadora, CRL-Central Elétrica e Túnel, Porto, Portugal, 2021-22); Programa de Residências Despina (Rio de Janeiro-RJ, Brasil, 2019); Fjúk Arts Centre (Húsavík, Islândia, 2015-16); e Casa do Sol – Instituto Hilda Hilst (Campinas-SP, Brasil, 2014).

## Por que uma guerra foi declarada contra mim?

*Tenho um coração com buraquinhos*
*E não posso me curar*
*Se está morrendo aos pouquinhos*
*Com cada dor, com cada dor*
*Se morre mais [...] Sara, sara*
*Coração com buraquinhos*
"Coração com Buraquinhos", Chiquititas,
do álbum *Chiquititas 2*, lançada em 1998

Desde o ano de 2001, conscientemente, entendi de vez que uma guerra já estava declarada contra mim há muitos anos. Encolhida pelo atravessamento de violências autorizadas não só em casa por parte de meu pai, percebi que as escolas que frequentei até então sempre funcionaram como espaços de correção de "meu" corpo, ou seja, correção de tentativa de adequar esse "meu" corpo, que não era possuído por mim mesma, às normas da cisheteronormatividade. No entanto, que corpo "meu" é esse tratado a partir da infância como adulto e abusado sempre por instituições culturais e de ensino? Após ser manipulada a fazer terapia de reorientação sexual por um tempo com um psicólogo cristão e ter experimentado o fracasso do primeiro amor, nesse ano de 2001, ainda na cidade de Inhumas, encontrava-me no primeiro ano do ensino médio a estudar no Colégio Zênite. Certa manhã, vista como representante de uma "adolescência perigosa" por não estar encaixada numa permitida adolescência cisheterossexual e colocar em risco o projeto de futuro de muita gente, entre as aulas de biologia e física, fui violentada pela diretora do colégio na frente de trinta e quatro alunos e dois professores durante uma hora. AQUI DENTRO DO MEU COLÉGIO É PROIBIDO USAR CALCINHA COR DE ROSA. LÁ FORA, VOCÊ PODE USAR À VONTADE e NA SUA FICHA DE MATRÍCULA ESTÁ ESCRITO SEXO MASCULINO E NÃO PONTOS DE INTERROGAÇÃO, EXERÇA SUA FUNÇÃO, são frases que ela disse a mim, entre outras semelhantes, numa tentativa de governar "meu" corpo de adolescente transviado que usava uma pulseira de cor alaranjada com espetos prateados afivelada no pulso além do uniforme obrigatório do colégio.

Diante dessas circunstâncias, nos prazeres da infância transviada, a minha primeira experiência com a pintura aconteceu na sexta série no Colégio Trevisan, na minha cidade natal, Inhumas-GO, em 1998. Havia a disciplina de Educação Artística em que o professor instigava/provocava toda gente que frequentava a praticar e desenvolver projetos artísticos. Nessa altura, tinha um fascínio imenso pelos tubinhos de tinta a óleo que via na papelaria onde comprava papéis de carta para colecionar. Resolvi, então, comprar uns tubinhos das mesmas cores de uma imagem de hieróglifos egípcios em detalhe que vi em um livro de história do colégio. Como eu não sabia lidar com a tinta a óleo, a experiência de pintar (ou, melhor dizendo, de reproduzir a imagem literalmente com base na imagem do livro de história) foi uma catástrofe, porque não sabia como tirar depois toda a sujeira que fiz em mim mesma, bem como não sabia que a tela não secaria tão rápido. Então decidi investir em pintura com tinta de tecido e adquiri a mania de pintar uma mesma imagem em inúmeras telas de pequeno formato para presentear pessoas ao meu redor. Essa figura era uma versão adaptada da ilustração da capa do livro infanto-juvenil *Pode me beijar se quiser*, do Ivan Ângelo, publicado pela editora

Ática. A partir dessa experiência, frequentei também algumas aulas particulares de pintura ainda na cidade de Inhumas, que viria a desistir rapidamente por falta de interesse.

Em 2004, fui estudar em Goiânia, morando temporariamente na casa da minha querida tia-avó Etelvina, e lá tive contato com o material artístico do meu primo Júlio Lopes criado na época em que ele cursava Artes Visuais na Universidade Federal de Goiás. Mexer e organizar nesse material, que ficava na estante do quarto onde dormia, foi bem interessante para mim como forma de conhecimento e familiaridade com algumas ferramentas que viria a usar no futuro. No ano seguinte, em 2005, ainda em Goiânia, último ano da minha frequência no ensino médio, tomei a decisão de prestar a prova de vestibular para o curso de Artes Cênicas da Faculdade de Artes do Paraná depois de um acontecimento interessante. Por conta de a peça de teatro musicada *Calabar: o elogio da traição,* de Chico Buarque e Ruy Guerra, editada em livro, ter sido umas das obras literárias escolhidas para a prova do vestibular na Universidade Federal de Goiás naquele ano de 2005, meu colégio, que viria a participar de um evento que reuniria todas as escolas do Centro-Oeste em Goiânia, criou um grupo de teatro amador para compilar alguns fragmentos daquele livro para apresentar no evento. Fui convidada para integrar esse pequeno grupo por conta de as docentes de minha escola saberem que eu andava a frequentar um curso livre de teatro na altura. Foi bem importante essa minha experiência prática com o teatro. Após uma semana de ensaios, diante de um público de quase duas mil pessoas, apresentamos no palco do Teatro Rio Vermelho. Ali entendi claramente o que é a minha presença, o meu poder diante de uma plateia.

É claro que não passei na prova de habilidades específicas do vestibular da Faculdade de Artes do Paraná porque tenho consciência de que não tinha na altura certa maturidade artística. Então, após ler o livro *Eu e o teatro*, de Maria Clara Machado, decidi me mudar para a cidade do Rio de Janeiro a fim de frequentar o curso regular da escola de teatro O Tablado, em 2006. Acabei desistindo logo em seguida, porque achei mais interessante cursar a formação técnica em Teatro na Casa de Artes de Laranjeiras (CAL). Ao mesmo tempo, comecei a frequentar inúmeros diferentes cursos livres também na cidade do Rio de Janeiro, e alguns outros na cidade de São Paulo, como o curso "Butoh-ma", dado por Tadashi Endo, o "Tópicos de Voz na Tragédia", com a Glorinha Beuttenmüller, o de "Interpretação", com a Laura Cardoso, o "Respir-Ações", com a artista Patrícia Selonk, entre outros. Igualmente, de 2006 a 2008, fiz aulas particulares de canto com a Janaína Azevedo, de técnica vocal com a Rose Gonçalves (que foi também minha professora na CAL), e de canto e técnica vocal com a Patrícia Maia.

No ano de 2007, interrompi de vez a CAL por conta da falta de ética, da violência simbólica, da hostilidade e da toxicidade de uma professora inexperiente que "lecionava" a disciplina de Interpretação. Esse foi meu primeiro desafeto com o teatro. Porém, pensando hoje, tive momentos educativos maravilhosos nessa escola com o artista Lourival Prudêncio, bem como com a artista Monah Delacy. Nesse período, o que viria a ser marcante mesmo para minha iniciada pesquisa nas artes do corpo foi ter frequentado o curso livre "O Ator: O Corpo Inteligente e o Artista Criador", ministrado pela diretora teatral Celina Sodré; mais tarde, eu viria a fazer aulas particulares de Interpretação com ela em seu estúdio. Foi uma experiência riquíssima que só descontinuei por conta de mudar para Portugal.

Ao me lembrar de dezembro de 2006, momento esse que havia assistido à encenação teatral do texto *A gaivota*, de Anton Tchékhov, pela Cia. dos Atores, no Teatro Poeira, propus ensaiar com a Celina, no âmbito de nossos encontros, como seria o Treplev ensaiando a Nina para seu monólogo. Então fui orientado por ela a escrever um texto-gêmeo — com a mesma estrutura gramatical do monólogo da Nina — contando todos os meus segredos. Esse texto seria sussurrado nos primeiros meses de ensaio no decorrer da construção da minha partitura de ações físicas e depois viria a ser substituído pelo texto original. Tenho até hoje o desenho coreográfico dessa partitura em um caderno de anotações da época, onde também consta recortes de imagens retiradas de jornais da época que somaram à construção desse meu trabalho. Minha formação pessoal e profissional com a Celina foi bastante enriquecedora, ética e respeitosa, porque, além dessa prática, havia toda uma discussão em torno de filmes, de leituras etc. Essa partitura durou quase dez meses de ensaio, sendo apresentada pouquíssimas vezes.

Com essa criação, ainda no ano de 2007, resolvi me inscrever numa chamada aberta de um festival de cenas curtas organizado pelo Grupo Tápias, que aconteceria no Espaço Café Cultural/PETROBRAS. A primeira fase dessa seleção consistia em apresentar meu trabalho a um júri no Centro Coreográfico na Tijuca. Aqui, confesso que aconteceu um dos maiores traumas da minha vida profissional. Eu fiz menos de trinta segundos de apresentação com uma jurada rindo forçosamente e, em seguida, se dando conta de que não se tratava de uma comédia, dizendo "já vi tudo e muito obrigada". Ela não viu nada. Absolutamente nada. Foi horrível o que me aconteceu. Isso me faz lembrar também do teste que tentei para entrar no elenco da peça teatral *Dona Flor e seus dois maridos*. O corpo de júri era formado por Luiz Carlos Tourinho e uma outra pessoa que já não me lembro mais. Estando ali, falando meu texto decorado para o teste, com os dois olhando um caderno de anotações e conversando e nem ouvindo o que eu estava dizendo, comecei a falar de uma receita de bolo de chocolate e ninguém me ouviu ainda assim. Esses descasos no teatro eram bastante comuns comigo. Houve também assédio — não foi o único — por parte de um diretor de teatro, que me convidou para seu "palco-cama", termo romanceado para o eufemismo teste do sofá, enquanto eu frequentava seu workshop na Casa de Dramaturgia Carioca em 2007.

Enfim, o que mais me choca num todo, pensando hoje nessa minha rápida passagem pelo teatro no Brasil, foi perceber a violenta tentativa de anulação de qualquer identidade que fuja dos estereótipos da lógica cisheteronormativa branca colonial. "Olhar agudo para homem / olhar pedinte para mulher", foi o que um professor de voz me ensinou na altura e está escrito em um dos meus cadernos de anotação da época, entre tantos outros comentários bizarros marcados sem reflexão por mim. O Ocidente não pode ser dividido apenas entre homens e mulheres cisgêneros: esse comentário no meu caderno só ilustra a preservação desse tipo de estrutura. Não faz mais sentido o teatro se pautar num ordenamento ciscolonial de gênero que é binário, que também é cisheterossexual e, por vezes, cristão, visto que vai pensar justamente pênis e vagina como opostos complementares.

Meu último desafeto mesmo com o teatro no Brasil se deu em 2008. Com vinte e dois anos de idade, inscrevi-me no processo seletivo do curso de "Introdução ao Método de Ator", mais conhecido como CPTzinho, projeto esse de formação criado por Antunes Filho e realizado anualmente no Centro de Pesquisa Teatral (CPT) do Sesc Consolação, em São Paulo. Fui somente entrevistado por dois formadores, que não me perguntaram nada sobre a minha trajetória, nada sobre o meu trabalho no teatro até aquele momento. Usaram todo o tempo da entrevista para sondarem o que o meu companheiro de vida, Tales Frey, estava a fazer em arte e, então, usaram o tempo do encontro comigo para falarem apenas sobre ele, mesmo sendo a entrevista uma etapa do meu processo de seleção. Para contextualizar, explico aqui: o Tales havia feito a inscrição para entrar no Círculo de Dramaturgia do CPT naquela mesma época, mas acabou desistindo, enquanto eu dei continuidade ao processo para integrar aquele centro de pesquisa como ator. Lembrando hoje do momento em que eles, com o currículo do Tales em mãos, perguntavam apenas coisas sobre ele e me ignoravam totalmente, percebo claramente como eu não tinha maturidade o suficiente para entender essa situação como uma completa invasão de privacidade, como uma evidente falta de respeito e como uma demonstração da ausência de limites em um ambiente supostamente profissional. Corri de lá constrangido, em choque.

Mudei-me para Portugal, ainda no ano de 2008, uma semana antes de começar a frequentar a licenciatura em Teatro na Escola Superior Artística do Porto (ESAP). Para contextualizar, diferentemente do calendário do ano letivo no Brasil, aqui em Portugal as aulas começam normalmente em setembro-outubro e vão até junho-julho. Então cheguei em outubro de 2008 na cidade do Porto em Portugal para morar e estudar. Também ressalto que eu estava, no primeiro semestre de 2008, frequentando o primeiro ano da licenciatura em Dança na Escola e Faculdade Angel Vianna, no Rio de Janeiro e, a fim de me mudar para Portugal, fiz transferência desse maravilhoso universo para estudar na ESAP. Foi bem traumática essa experiência curta na ESAP. No primeiro semestre, havia uma disciplina anual de Interpretação que me deixava um pouco desconfortável por conta do assédio ocorrido por vezes por parte do professor dessa cadeira. O ápice do constrangimento foi o dia em que ele tocou no meu corpo, colocando a mão pesada em minha perna, quase no meio dela, ali permanecendo por um momento enquanto explicava algo que já não me lembro de sua disciplina. Isso aconteceu na sala de professores, durante uma reunião defronte ao seu computador entre ele e eu apenas, no início do segundo semestre. Fiquei em choque e pensei se eu estava entendendo errado esse gesto dele. Contornei a situação me livrando discretamente da mão dele como se eu não tivesse entendido o que estava acontecendo, até ele repetir o gesto. Bruscamente retirei a mão dele e nunca mais voltei ali. Esse foi o motivo para eu abandonar a licenciatura na altura, porque tocar no meu corpo sem permissão foi extremamente invasor, foi muito grave, foi um total desrespeito, ainda mais aproveitando de seu poder como educador.

A partir desse assédio, que ocorreu no segundo semestre do primeiro ano da ESAP e me fez tomar a decisão de não frequentar mais às aulas, comecei a viajar por vários lugares a fim de retomar a frequência em vários cursos livres. Nesse período frequentei o curso "La Esencia del Actor a través del Movimiento y La Voz", ministrado por Yoshi Oïda, no Estudio Dramático, na cidade de Valência, na Espanha. Participei também de duas edições inesquecíveis do programa "Regula Contra Regulam", do ano de 2009 e 2010 respectivamente, no Instituto Grotowski, na base de Brzezinka, na Polônia. Ainda em 2009, participei do "Odin Week", organizado por Eugenio Barba e o Odin Teatret, em Holstebro, na Dinamarca, e do primeiro seminário da New Butoh School, projeto da artista Sayoko Onishi, na Florence Art Factory, em Florença, na Itália. Infelizmente acabei não prosseguindo na New Butoh School porque havia conseguido transferir minha licenciatura em Teatro na ESAP para a licenciatura em História da Arte na Faculdade de Letras da Universidade do Porto (FLUP), no ano de 2010. Todas essas breves experiências foram bastante enriquecedoras para a minha constante pesquisa nas artes do corpo, bem como para conhecer pessoas maravilhosas, em especial a artista e professora acadêmica Vanja Poty, que se tornou uma grande amiga do coração. E é claro que não deixei de frequentar outros cursos livres, mesmo tendo ingressado na licenciatura em História da Arte.

Para entender essa minha escolha de mudança da licenciatura em Teatro para a de História da Arte, devo mencionar que foi muito importante a disciplina História da Arte II, lecionada pela admirável professora

Alexandra Trevisan, na ESAP e, também, por conta de o Tales estar frequentando uma disciplina optativa da pós-graduação em História da Arte Portuguesa na FLUP. Além de ele me contar como foi sua experiência nessa disciplina, ele me apresentou uma colega de sua turma, a historiadora da arte Suianni Macedo, que havia feito a licenciatura em História da Arte.

Havia uma outra professora que lecionava a disciplina História da Arte I na ESAP e que havia sido bastante colonial em alguns pronunciamentos irônicos dirigidos à minha pessoa durante as suas aulas, como por exemplo: "não entendo como os brasileiros viajam tanto e nós portugueses não"; "que vontade de corrigir para o português correto a sua escrita em brasileiro" e coisas assim que viria a enfrentar em algumas aulas do novo curso. Lembro-me até hoje de uma curta conversa entre um de meus professores da licenciatura e eu: "Há quanto tempo o menino está cá em Portugal?"; "Há quatros anos."; "Já era hora de o menino estar a falar o português". Em 2012, esse mesmo professor, na sessão de abertura da XII Semana de História da Arte, juntamente com uma outra professora da disciplina Práticas da Fotografia, que eu frequentei como optativa na Faculdade de Belas Artes da Universidade do Porto (FBAUP), após a apresentação da performance *Reciprocidade desalmada*, do Tales, diziam que questões identitárias na arte da performance já não faziam mais sentido por já estar tudo resolvido no mundo. Essa afirmação foi uma maneira clara de diminuir o trabalho. Mais tarde, em 2017, fui convidado por essa mesma professora, no âmbito de uma de suas disciplinas na pós-graduação em Performance na FBAUP, para falar sobre meu percurso artístico juntamente com o Tales. No final, após eu falar da minha obra *Eu Gisberta* (2015), e declarar o meu posicionamento crítico aos regimes de normalização que impõe condutas sociais cisheteronormativas, ela disse que normas poderiam existir para proteger as pessoas e, nitidamente sem entender nada sobre políticas relacionadas ao corpo e sem perceber nada do que eu discorria em torno da biopolítica, ela pronunciou alguns devaneios acerca da importância do uso do capacete no trânsito por condutores de motos. Isso foi certamente uma gafe dela que evidenciou a sua total ignorância sobre assuntos relacionados ao corpo e à performatividade que não poderiam deixar de existir no seu repertório como uma professora num curso de performance.

De volta ao ano de 2012, meu pai se acidentou de moto no interior de Goiás — vale ressaltar que dois meses antes ele me pediu perdão por tudo — e isso me fez mergulhar em inúmeras atividades para não pensar nesse acidente. Esse acontecimento transformou radicalmente minha vida. Havia o projeto do Instituto das Artes de Inhumas somente no papel entre o Tales, meu pai e eu naquele momento. A ideia do projeto visava a construção de um espaço cultural — com inúmeras atividades — na minha cidade natal. Até a logomarca tínhamos feito na altura. A composição girava em torno da ave Inhuma e cada pena dessa ave no desenho seria uma atividade do espaço. Como o projeto não aconteceu por conta do acidente de meu pai, Tales e eu seguimos com uma das atividades desse projeto não realizado, que seria a criação de uma revista eletrônica especializada em estudos da performance. Lançaríamos, então, em novembro de 2012, a primeira edição da eRevista Performatus. É interessante notar que a logomarca da Performatus é uma pena da ave Inhuma da logomarca do Instituto das Artes de Inhumas.

Planejar e realizar coisas paralelas enquanto frequentava a licenciatura em História da Arte foi muito importante. Por exemplo, durante a disciplina História da Arte da Época Moderna I lecionada pelo professor Luís Alexandre Rodrigues, fui instigado por ele a traduzir o livro *Henri de Gissey de Paris: desenhista ordinário dos divertimentos e dos balés do rei (1608-1675)*, de Anatole de Montaiglon, já que o meu trabalho de sua disciplina era sobre os trajes do Rei Sol. Fui até Paris para conseguir uma cópia do manuscrito na Biblioteca do Museu de Artes Decorativas. Isso porque não havia ainda disponível na plataforma digital Gallica, da Biblioteca Nacional da França. Convidei, então, a historiadora da arte Suianni Macedo para organizamos a tradução desse livro, que acabou sendo publicado pela Paco Editorial, em parceria com a eRevista Performatus, em 2012. Outra publicação também realizada por essa parceria, e que foi um grande desafio para mim, foi o livro *Evocações da arte performática (2010-2013)*, que organizei juntamente com o Tales e que foi publicado em 2016. Esse livro foi inspirado tanto nas primeiras edições da revista *High Performance* (1978-1997) como na catalogação anual *Emergency Index*, sendo ambas publicações feitas somente em língua inglesa. Já no livro *Evocações da arte performática (2010-2013)*, publicado apenas em língua portuguesa, através de uma chamada on-line, foi definida a catalogação somente de performances ocorridas nos Estados-membros (Angola, Brasil, Cabo Verde, Guiné-Bissau, Guiné Equatorial, Moçambique, Portugal, São Tomé e Príncipe e Timor-Leste) da Comunidade dos Países de Língua Portuguesa (CPLP) entre os anos de 2010 e 2013.

Meses depois do término da licenciatura, ainda em 2014, fui convidado para participar do Colóquio Internacional "História da Arte em Estudos Transdisciplinares: Práticas Artísticas Contemporâneas", na FLUP. O convite foi feito pela querida professora Leonor Soares por conta do trabalho que apresentei no final de sua disciplina História da Arquitetura da Época Contemporânea II. O título da minha comunicação-performance foi "'Livro da Mata', Página 13: 'Carta a Niemeyer'", mas poderia ter sido, pensando hoje, "Eu Sou uma Bruxa". O mote central dessa comunicação foi partir da escrita de uma carta destinada a um Oscar Niemeyer hipotético tal como a artista Lygia Clark fez em seu diário ao escrever um texto a Mondrian, em maio de 1959. O conteúdo dessa minha fala girava em torno da combinação e fusão de novas linhas tatuadas na palma de minha mão com as linhas existentes da vida, do destino e da mente. Era como ler o futuro através das novas linhas "niemeyerianas". Isso porque decidi apresentar minha trajetória artística em sentido cronológico — o que havia sido produzido até àquele momento — até uma metafórica quiromancia criada por meio da obra *As veias ainda abertas da América Latina* (2014), trabalho esse de *body art* que dialoga diretamente com a escultura *A grande mão,* de Niemeyer, que se encontra na praça da Fundação Memorial da América Latina, e com os estudos da performance, da fotografia e da tatuagem. Foi bem interessante e enriquecedora essa experiência que durou quase duas horas e trinta minutos de apresentação.

Ingressei ainda, naquele mesmo ano, no mestrado de Práticas Artísticas Contemporâneas na FBAUP — que também viria a interromper mais tarde por conta da sucessão de violências simbólicas que senti ao longo do curso. Para começar, meu professor da disciplina de estúdio, também diretor desse mestrado na altura, além de declarar que questões identitárias na arte já não faziam mais sentido "por já estar tudo resolvido no mundo" (lembremos que anteriormente eu já ouvira a mesma afirmação absurda), era irônico ao dizer algo como "toda pessoa que não pinta e ingressa na FBAUP quer pintar". Mas não é permitido experimentar? Para mim, isso é puro boicote à criação, seja qual for. Por vezes, dizia esse mesmo professor que não conseguia enxergar "a cena" da artista Priscilla Davanzo e, então, um dia eu lhe respondi que só era preciso abrir os olhos para qualquer assunto. Outro momento que me incomodou durante esse mestrado foi ter ouvido da professora da disciplina de Arte e Tecnologia que cartão-postal não poderia ser considerado como arte por ser pequeno demais o dispositivo, justificando a seguir, em sua fala, do porquê de a minha nota ser baixa. O mais interessante é ver que esse mesmo cartão-postal, com o título de *El Minotauro #3* (2014), ao qual ela se referia, passou a integrar permanentemente o acervo do Museu de Arte Contemporânea de Niterói em 2018, juntamente com a obra *Eu Gisberta* (2015).

Mas o que realmente culminou em parte minha interrupção àquele mestrado foi a reação transfóbica de alguns docentes ao tema que estava investigando em minha dissertação-diário, que se chamava *Não é trava, nem traveco! Respeita as (e não os) travestis. E é Gisberta*

*Salce, meu amor!*. Foi muito violento para eu lidar com essas reações, porque naquela altura estava começando a me entender como travesti, e essa somatória de violências me jogou de volta ao fundo do armário de gênero. Além disso, naquele momento, minha obra *Eu Gisberta* havia passado por algumas exposições em Portugal e, em muitas, constava nos folhetos e comentários sobre a obra uma negação sutil e ciscolonial da condição da transcestral Gisberta como travesti brasileira. "[O artista] surge a tatuar o nome DO tristemente célebre TRAVESTI ASSASSINADO nas ruas do Porto."; "[...] sobre a já dita TRANSFORMISTA."; "Essa é sua obra sobre O TRAVESTI BRASILEIRO do Campo 24 de Agosto?"... definitivamente foi uma chuva de "close errado" nessa altura. Isso tudo me deixou pela segunda vez muito introspectiva na vida.

A travesti brasileira Gisberta Salce foi muito consumida pelo *CIStema* das artes cênicas e visuais e, como exemplo da maneira com que a cisgeneridade usa os corpos das travestis, gostaria de contar aqui como foi o lançamento do livro *Pão de Açúcar*, de Afonso Reis Cabral, trineto de Eça de Queiroz, no Teatro Municipal Rivoli, na cidade do Porto, em Portugal, em 09 de outubro de 2018, livro vencedor do prêmio José Saramago em 2019. Além do autor, estava na mesa o cantor Pedro Abrunhosa, autor da canção "Balada de Gisberta", e o jornalista Valdemar Cruz, como moderador da conversa entre ambos. Na plateia havia somente uma mulher trans, Rute Bianca, que foi amiga da Gisberta no passado e estranhamente não estava na mesa composta somente por homens cis brancos europeus. O moderador começou sua fala apresentando a "GiLberta" (com L mesmo), tentando colocá-la como "uma pessoa acima de qualquer coisa" numa tentativa de anular a identidade de gênero dela de travesti. O discurso do jovem autor foi muito raso. Houve momentos em que ele se referia à Gisberta como "gay" e não como uma travesti. Também havia confusão da parte do autor, e igualmente do Pedro Abrunhosa, ao dizer que o assassinato da Gisberta foi de cunho homofóbico, sendo que, na realidade, foi de cunho claramente transfóbico. Não é novidade para ninguém que pesquisa o caso da Gisberta que um dos assassinos se referia a ela como "um homem que 'tinha mamas' e 'parecia uma mulher'". Tudo isso só confirma ainda mais com o não posicionamento do Afonso naquele dia sobre o título transfóbico, que causou grande desconforto na comunidade trans de Portugal, do anúncio ou prévia — como forma de artigo — sobre o lançamento de seu romance em que o jornalista João Céu e Silva, do jornal *Diário de Notícias*, escreveu no dia 26 de setembro de 2018: "O romance DO TRAVECA ASSASSINADO por gunas desalmados". Isso tudo conto para mostrar como a cisgeneridade atua com a sua gramática e linguagem conformista, colocando a Gisberta na condição de um fantasma ameaçador contra uma coletividade que expõe sua moral e que ignora totalmente as experiências de estigma e de abjeção vivenciadas por muitas de nós travestis brasileiras em Portugal.

# IZABELLE LOUISE

nasceu em Fortaleza (Ceará, BR), no ano de 1996, de origem indígena Tremembé. Doutoranda em Belas-Artes pela Universidade de Lisboa e mestre em Criação Artística Contemporânea pela Universidade de Aveiro (PT). Graduada em Publicidade e Propaganda pela Universidade Federal do Ceará. Atualmente produz obras que tocam o feminismo, a decolonialidade, a memória, a cura e a vida.

Carta Desmanchada

desandar descorrer desaprender falar Desmorrer Desviver
descumemorar

descumemorar desamuar Destegiar

De ur lembrar destuir

**desventar descarregar descair desacatar**

desescrever Desapertar Desenvolver
Despressionar Despeydr

respirar desapropriar Descarregar

desaparecer desaparecer

Desandar izer descorrer
desabafar ouvir

**descorrer desouvir desver desabafar** desmemorar

beijar amar odiar
des des desadoecer desapegar desentender des
Des Desapagar desafogar
beijar

Desabyar

Desmemorar Desarar Despir desterrar

desaguar desfogar desar

Descentralizar Desraizar Desamuar Destegiar
atar truir caber
Desvoar descumemorar deslembrar Desproteger des

Desmorrer Desviver Desandar Desagegar desencontrar

correr ouvir ver tocar ar

obedecer

Des desvendar descurvar desalinhar

des
apertar

desfronteirizar

Carta da yby

paîé posaûsub yby yby yby yby yby yby yby yby

itá itá

PAÎÉ

nhe'eng

paîé NHE'ENG posaûsub yby

itá itá itá

nhe'eng

falar-senhor

corpo-tempo-terra-vida-ancestral-coletiva

- pedra

A yby tem contato histórias!

A yby é ativa. Os nutrientes não se esquecem dela...

A tentativa de monocultura, de impor algo homogêneo deixa a ~~terra~~ yby fraca, ela não floresce. Resgatar os nutrientes é curá-la.

paîé

~~Estamos iludibriados que nada disso é verdade e fingimos que não sabemos, mas no fundo sabemos.~~ E é de tanto saber, que muito doí. E é quando vivemos que queremos curar.

paîé

# JAMILA PEREIRA

é licenciada em Relacões Internacionais e é da Guiné--Bissau, actualmente reside em Leeds, Inglaterra. Devido a sua licenciatura, entendeu o quanto adorava escrever e o quanto a política para ela significava. A partir de então, usou essa paixão para se tornar uma escritora e uma jornalista freelance. Compartilha sua perseverança e resiliência através da sua escrita e da sua voz, para que ninguém se sinta sozinho enquanto está na sua própria jornada.

## Liberdade também se encontra num espelho

Recentemente, um terapeuta pediu-me que escrevesse todos os meus traumas e os comparasse com a minha idade. Sinceramente, senti-me desconfortável com a tarefa em si mas conclui-a num piscar de olhos. A tarefa em si era poder analisar o quanto os meus traumas condicionam a minha personalidade e a minha visão do mundo. Para minha surpresa, descobri que tinha mais traumas do que anos de vida. Dois dos traumas que sobressaiam naquela folha de papel eram padrões de beleza europeus e gordofobia, ambos primos não tão distantes do racismo. Hoje em dia, consigo admitir que estes dois problemas não só dominaram o meu crescimento como moldaram as minhas relações com toda a gente à minha volta; no entanto, a jornada foi difícil. Deixem-me explicar-vos.

Nunca me achei feia. Mas enquanto crescia, o mais difícil era conseguir identificar o que era verdadeiramente 'beleza' visto que não me encaixava em nenhum dos padrões expostos ao meu redor. Sempre fui a mais alta da minha turma e definitivamente, precisava de tamanhos de vestuário maiores também. No entanto, meu peso e minha altura não eram somente o que me faziam destacar. Também fui em várias situações a única criança negra no nosso espaço e a minha aparência tornava-me não só um alvo de intimidação para os meus colegas, mas também um motivo automático de chacota. Até hoje lembro-me de cada vez que decidi não sorrir porque os meus lábios pareceriam maiores, ou cada vez que fazia questão de realçar que era 'castanha' e não 'preta'.

À medida que fui crescendo, comecei a esconder-me (tanto quanto possível); das roupas largas que cobriam o meu corpo retinto à cabeça careca que ressentia cada folículo que se erguia, a rejeição dos meus traços e da minha identidade foi evoluindo com a idade. Enquanto as minhas amigas brancas começavam a parecer-se com modelos de revistas, internalizações emergiram devido ao facto de que isso nunca aconteceria comigo. O meu nariz não tinha um formato europeu, o meu cabelo não era liso. Não fluía com o vento e a sua textura era considerada rija, velha, indomável e, mais tarde, nada profissional. Da adolescência para a frente, a vida tornou-se muito mais difícil e a minha auto-estima desceu imenso. Enquanto todos ao meu redor se fascinavam com corpos brancos e esbeltos, sexualidade e popularidade, eu afundava-me cada vez mais na construção da figura assexuada ou até mesmo indesejável que me foi designada à nascença como uma mulher negra e gorda.

Episódios como o que estou prestes a contar não são exclusivos em vidas como a minha. Na verdade, eles dominam o nosso cotidiano. São simplesmente esquecidos ou normalizados. Este exato momento foi bastante prejudicial para o que se tornaria o meu entendimento de como as microagressões realmente são sentidas e que, no final do dia, não têm nada de micro nelas. Enquanto eu e alguns amigos testemunhávamos o que veio a ser a primeira rapariga negra a ganhar um concurso na secundária da nossa freguesia, um dos meus melhores amigos, na altura, levanta-se e sente a necessidade de estabelecer que ela não poderia ter ganho porque ela não merecia. O nariz dela de macaco era uma contradição a qualquer tipo de conceito de beleza.

Ele acrescentou: "Jamila, mais facilmente tinhas ganho tu. O teu nariz é mais bonito, mais estreito e bem definido".

A pior parte de toda essa situação não foi o seu comentário, mas o facto de que, na altura, assimilei isso como elogio, em vez de expressar um enorme desconforto. Por isso pergunto-vos, porque é que haveria de contemplar esse tipo de comportamento através de lentes tão positivas? Porque é que não pude defender alguém que se parecia comigo e representava a nossa beleza? Comentários como esses não eram novos para mim, mas certamente deixavam novas feridas sempre que surgiam. Desde "tu até és bonita para uma preta" até "as tuas feições não são tão pesadas quanto as outras pretas", eu considerei essas afirmações como o baloiço de confiança que eu precisava para me sentir melhor comigo mesma sem perceber o quão danificantes elas eram.

Apesar de tudo, sabia que queria mudar mas infelizmente, foi de mal a pior. Eu queria assimilar-me completamente. Eu vi-me presa num ciclo interminável de fazer dieta, ganhar peso, fazer dieta e ganhar tudo de novo. Não me chegavam comentários abusivos de professores de educação física, os meus pais também caíram na armadilha de me relembrar que o meu peso seria detrimental para a missão sexista e patriarcal de conquistar um homem ou ser vista com bons olhos na sociedade. E quando me tornei uma adulta, a história continuava a repetir-se dentro de mim mas de maneira diferente: "A menos que encolhas de todas as maneiras que puderes, ninguém te amará e a sociedade não te aceitará. Tu nunca serás bonita". Esta narrativa em que tanto me foquei, levou-me ao peso que tanto sonhei mas marcou a fase mais débil da minha saúde, desenvolvimento de bulimia.

Crescer como a mulher "mais feia", "gorda", "indesejável" e "escura" em um espaço todo em branco como Portugal, não só me isolou do que poderia ter sido uma vida social perfeita, mas também demoliu tudo à minha volta, especialmente a autoestima e o valor que residiam em mim. Felizmente, a prisão mental em que vivi tanto anos desfez-se pouco a pouco e consegui escapar da sentença de morte. A jornada de aceitação e recomeço foi intensa e posso dizer que até hoje não me sinto a 100% mas consigo encarar os meus demônios sem pensar duas vezes.

Lembro-me exatamente quando aconteceu a mudança em mim. Pensei para mim mesma que eu não conseguiria encontrar beleza dentro de mim estes anos todos porque os meus olhos foram condicionados para examinar um tipo de corpo específico, formato de rosto e textura de cabelo que não refletia a minha vida. Os padrões de beleza eram brancos como cal e alimentavam-me através de revistas, as mulheres na televisão, as bonecas da Barbie com que brincava quando era pequena — todas essas coisas perpetuavam uma narrativa. Eles diziam-me que só havia uma maneira de ser bonita; e eu não estava incluída nessa falácia.

Os meus olhos não foram apenas condicionados, mas também foram feridos. Eles feriam-se cada vez que alguém dizia que eu não fazia o perfil, que era muito grande, negra ou larga. E eles ficaram magoados com cada piada sobre o meu peso, a tonalidade da minha pele e a textura do meu cabelo. Foi então que percebi que a única maneira de ter a chance de ver minha beleza (presumindo que ela estava lá) era curando os meus olhos e procurando liberdade daquelas correntes cada vez que me olhava ao espelho.

Porém, não foi até que me mudei para Inglaterra e mais tarde entrei na Universidade que finalmente consegui denominar tudo o que se passava à minha volta. Em vinte cinco anos de vida, eu segui piamente o raciocínio de muitos teóricos como Meiners e Blumenbach, nos quais o conceito de 'branco' ou 'caucasiano' é indiscutivelmente o mais agradável para o olhar humano. Automaticamente, entendi que esta noção de padrões de beleza está enraizada na nossa sociedade desde o início dos tempos, ou seja, EU NÃO ERA O PROBLEMA. No entanto, também me apercebi que para compreender os nossos corpos, é necessário que mulheres não brancas, como eu, descolonizem e desconstruam quaisquer percepções que possam ter sobre os seus corpos, uma vez que todas as opiniões e crenças são deliniadas pela e centradas em branquitude.

No dia a dia, pessoas gordas como eu saem de casa cedo e sabem que enfrentarão desafios de todo tipo: transporte público, escritórios, restaurantes e outros ambientes que não estão preparados para acomodá-los. Pior ainda: eles também sabem que serão alvo de piadas, julgamentos e, consequentemente, ouvirão de muitas pessoas que precisam perder peso. Esse preconceito tem nome. Gordofobia — o preconceito contra pessoas gordas que querem apenas viver felizes sem serem condenadas ao ostracismo na esfera profissional, pessoal e emocional das suas vidas. As raízes da gordofobia podem ser quebradas por alguns dos seguintes fatores:

- Controle colonial através da religião, ciência e capitalismo; Ex: Imposição de espartilhos e dietas em lares europeus — Gordura → pecaminosa → Não saudável
- Discursos racializados; Ex: Homens africanos / asiáticos amam mulheres maiores e envolvem-se em tradições para engordar as suas mulheres
- Binários de oposição; Ex: Europeus = Autocontrolado / Africanos = Obesos de mente
- Romantização e universalismo da história; Ex: Virtudes ocidentais inatas de pureza, bondade e aspirações como temas de conhecimento
- Demonização e dominação do gênero; Ex: Discursos coloniais para menosprezar mulheres não brancas enquanto fetichizam e sobrecarregam os seus corpos.

Assim sendo, num mundo mal adaptado aos corpos gordos e numa sociedade que institucionalizou o preconceito contra os donos desses corpos, navegar pelo cotidiano traz desafios de vários tipos, dos mais simples aos mais complexos. Comprar roupas, por exemplo, pode ser uma experiência estressante — até emocionalmente.

O pensamento ocidental moldou as percepções e crenças globais ao construir um escudo de beleza, virilidade e conhecimento certificado em torno dos brancos. E a conexão entre beleza e branquitude, desde então, tem sido difícil de desmontar. Portanto, a beleza tornou-se um símbolo de poder que permite às pessoas navegar em determinados espaços, ao mesmo tempo em que ampliam os seus privilégios em diferentes ambientes. Em contraste, aqueles que não se enquadram no espectro de beleza, testemunham uma variedade de consequências. I.E. discriminação, desemprego, assédio, etc.

Tudo o que já ouvi em relação às formas e curvas de corpos idênticos aos meus é um prelúdio da supremacia branca, racismo e ramificações coloniais dentro do conhecimento que se originou a nivel comercial na escravatura e com a imposicção da religião. Consequentemente, por muitos anos, o branco parecia ser o único padrão.

Contudo, ultimamente, algo fascinante tem acontecido com a percepção de beleza a nível mundial. O branco não é mais o mais desejável — embora ainda seja confusamente centrado. Parece que o formato mais desejado atualmente são as mulheres brancas com faces e traços de mulheres negras. Pele bronzeada, lábios grandes e olhos angulosos só são considerados bonitos quando adornados por uma mulher branca. As características pelas quais as mulheres negras, como eu, se envergonharam a vida toda, agora são populares. As características das mulheres negras transformaram-se em mercadorias atraentes, mas mais especificamente em acessórios. O que leva a parecer que os resquícios da colonização ainda flutuam em torno da beleza. Eles roubaram os nossos países em busca de mercadorias e agora roubam as nossas faces em busca de recursos. Enquanto as jovens negras sentem vergonha das suas características naturais, as jovens brancas são glorificadas por possuírem as mesmas características artificiais. No entanto, esta não é uma simples crítica aos indivíduos brancos que fazem escolhas pelas suas aparências. O bronzeamento e as cirurgias não são os problemas. O problema é que as mulheres negras não fazem parte das ideias de beleza. Mudar isso significa reescrever muito da nossa cultura e até mesmo a história mundial.

Para mulheres de todas as interseccionalidades que têm ou não a capacidade de se conformar com certos padrões de beleza eurocêntricos, como eu, o escrutínio está sempre atrás da porta, independentemente da nossa posição. Assim, ao descolonizar os nossos corpos, o desconforto surge quase que instantaneamente na sociedade. Se foi possível condicionar e ferir os meus olhos para ver as coisas de uma maneira, certamente o processo pode ser revertido? Certamente alguém poderia curar os nossos olhos dos padrões severos e inatingíveis estabelecidos pela branquitude. Foi aí que comecei a procurar histórias — histórias de lindas mulheres negras curvilíneas de todas as formas e tamanhos. Essas mulheres eram as minhas antepassadas e todas as mulheres perto de mim: as minhas tias, as minhas avós e a minha mãe. Mulheres que não eram apenas bonitas na sua grandeza, mas também saudáveis e fortes — muito ao contrário do que a medicina e sociedade ocidental me ensinou sobre o tamanho e melanina do meu corpo.

Também comecei a ler e a aprender sobre ciência e como os padrões médicos estão enraizados no privilégio dos brancos, ideias racistas e discriminação sistêmica. Quanto mais aprendia sobre histórias que homenageiam corpos de todas as formas, tamanhos e cores de pele, mais cicatrizava os meus olhos. Comecei a descentralizar a branquitude como o status quo de beleza. Aprendi lentamente que beleza não equivale a branquitude. Comecei a valorizar e honrar as coisas do meu corpo que são vistas como "diferentes" e, no entanto, idênticas a tantos outros que vieram antes de mim, que estão ao meu redor e que virão depois de mim.

Esta jornada não foi importante apenas para mim, mas também para uma comunidade maior. Estava convencida de que muitas das minhas amigas negras mas de tonalidades mais claras também se consideravam bonitas ou até mesmo superiores (porque se encaixavam perfeitamente no molde mesmo sendo negras devido a certos atributos físicos), mas elas também sofreram sob padrões de beleza impossíveis. Elas também experienciaram olhos feridos que não lhes permitiram, não só ver a sua própria beleza mas também perceber que os nossos corpos são alvos constantes de hipersexualização, fetiche e também rejeição. Porque esta é a verdade sobre qualquer sistema de opressão: quando acreditamos que apenas um determinado tom, formato ou característica facial é aceitável, mesmo aqueles que se "enquadram" nessas categorias ficam aquém. E assim, os sistemas opressivos prosperam.

Portanto, há uma necessidade de questionar a descartabilidade da vida negra e as percepções em torno dos corpos gordos desde os primeiros anos de vida para que saúdes, como a minha não se deteriorem ao longo dos anos. O padrão de beleza foi construído socialmente ao longo dos séculos e mudou inúmeras vezes, até que o colonialismo veio e definiu beleza como a "mulher magra e branca do oeste" que conhecemos hoje. A pressão estética e a gordofobia são, acima de tudo, o resultado da supremacia branca e do imperialismo europeu; além disso, hoje, o capitalismo cria um sentimento de insatisfação geral nas pessoas, fazendo-nos sentir incompletas, inferiores e incapazes, especialmente a nós mulheres não brancas.

A manutenção da pressão estética é feita também através da mídia e das redes sociais, por pessoas que não entendem as ramificações da colonialidade e aplaudem corpos inatingíveis enquanto os projetam para muitas mulheres negras gordas. Gordofobia passa a ser a definição de 'raça elevada à saúde' ao se transcrever em agressões que se materializam em discursos e práticas transversais a qualquer tipo de socialização e que estão por toda parte: em pensamentos, opiniões, comentários nas redes sociais, na publicidade, na escola, entre outros. Além disso, o legado colonial de expressões antinegritude e gordofóbicas condena implícita ou explicitamente e ostraciza com extrema firmeza os corpos que discordam da norma, assim como meu prístino tamanho 44. Essa condenação expressa-se por meio de discursos que desvelam, expõem a superioridade moral duns corpos sobre outros, expressando piedade e preocupação que velam o ódio pelos corpos gordos e negros.

Estas ideias estão escondidas sob os discursos coloniais que apelam ao ego ou à autoestima dos brancos, o que é acompanhado pelo retumbante discurso biomédico que transformou a gordura em uma doença problemática ou pela religião e supremacia branca que transformaram corpos negros em comodidades e lixeiras. Além disso, naturaliza-se o desprezo social pela negritude gorda, que não é produzida por esses corpos em si, mas por todo um sistema de ódio que exclui diferenças que não se conformam com a norma.

Para mim, a jornada para desaprender os padrões de beleza e curar os meus olhos relaciona-se coerentemente à liberdade. Agora posso olhar-me ao espelho e abraçar o meu corpo curvilíneo, macio e em constante mudança com amor e felicidade. É uma mudança de mentalidade contínua e tenho que escolher o que desejo ver — e o que não. Mas à medida que continuo a deleitar os meus olhos com novas histórias, a história muda. E isso pode mudar para todos nós. Pois este é o verdadeiro objetivo desta jornada — curar os nossos olhos e contemplar a beleza dentro e ao nosso redor. Precisamos de mais representação. Meninas negras precisam poder encontrar beleza nas pessoas que se parecem com elas. Precisamos de um foco menor na aparência das mulheres e valorizar mais a sua inteligência e sua força de vontade antes de começarmos a criticar todos os ângulos das suas caras. Precisamos também ensinar bondade aos nossos filhos para que entendam como as palavras podem facilmente destruir confianças e destruir vidas.

# JORGETTE DUMBY

é apaixonada pela escrita desde muito cedo. Fotografa segundos, (d)escreve mundos e lê pessoas. Acredita na educação. Cresceu em Luanda e continua a crescer pelo mundo afora.

## Um país racista repleto de pessoas bronzeadas

Para todas as pessoas que sofrem racismo no final do verão, que é quando atingem o máximo do bronzeado, entendemos a vossa dor.

Vem cá, senta aqui: dá para entender e respeitar a dor de quem sofre racismo o ano todo?

Dá pra entender que a foto que você usou para o teu *Curriculum Vitae* não carrega a discriminação que você viveu no final do verão? Então anote: Há quem por muito que tire 100 fotos diferentes, continuará sem conseguir aquele emprego. O emprego até condiz com as suas capacidades, mas que por magia [discriminação mesmo], continua não sendo o perfil da empresa.

Sua inteligência deixou de ser o perfil porque o seu tom de pele nunca foi.

Sua inteligência não será nunca encontrada pelo entrevistador porque se perdeu afogada no excesso de melanina que seres [os superiores] julgam prejudicar gravemente a inteligência.

— Até que és uma pessoa inteligente.

— Até que o quê? — É o que apetece responder.

Sentimos aí a ignorância acompanhada da arrogância, e torna-se complicado uma resposta à altura.

Afinal, a ignorância alcança o deboche?

Minha inteligência não vem da melanina, tal como o teu preconceito também não vem do teu défice nela. Teu preconceito é fruto de uma educação que segrega, para tirar vantagem. Que maltrata, para oferecer o falso humanismo onde só alguns são humanos. Que *ajuda e salva* por ego, mas que segue explorando por projeto.

E que mente, como forma de dizer a verdade.

Qual verdade? Uma qualquer que lhes convenha. Uma qualquer que permita escravizar. Uma qualquer, onde a vida de uns valha mais que a de outros. Uma onde uns matam por serem "coitadinhos", mas só se tiveram pouca melanina, e outros matam porque são violentos.

Agora pergunto: o que é a violência?

Pena que não te explicaram que não basta vestir gravata e ter um cargo alto no governo para ser bonzinho.

Pena que não te explicaram que o lucro do traficante vem do bolso do rico e não de esmolas de pobre.

Pena que não te explicaram que os ricos e brancos estão nos centros de reabilitação e os pobres e negros, na cadeia ou no caixão.

Ah! Que pena que não te explicaram.

Seria tão mais fácil pra você ler esse texto sem sentir que estou a falar de outra galáxia e não do lugar onde acordas todos os dias, da tua posição condescendente.

Cuidado, pode até ser verdade que quem cala nem sempre consente, contudo, neste caso, se calar é estar demente.

*Deve ser frustrante*
*me perseguir todo santo dia*
*em toda santa loja*
*e eu não roubar nada*

*Claro que não sou daqui*
*meu corpo se move*

*de uma forma diferente*
*de uma forma que*
*já passou por outros sítios*
*e não quer ser*
*necessariamente daqui:*

*não tenho que ser daqui*
*para estar aqui*

Sim, o país é Portugal, onde não há ninguém racista, somente o imaginário social e o discurso [racializados].

# JULIA PECCINI

é natural de Niterói, Rio de Janeiro, e vive em Portugal desde 2018. Graduada em Português com menor em Línguas Modernas na Universidade de Coimbra e mestranda em Estudos Editoriais, é poeta e vê sua escrita como um processo inacabado de resistência e afirmação de si. Tem participação em revistas e antologias literárias e é autora do livro *Aqui cabe um poema* (2021, Amazon).

## Seu Sebastião

*sou forte*
*sou grande*
*sou do tamanho do medo*
*aqui*
*não me dói nada*
*aqui*
*não passa nada*

O mantra de Julia Branco finca na minha ferida, se debate no abismo e me deixa flutuar pelo alimento incômodo e congestionado de prolongar a voz.

Todo dia, seu Sebastião caminha pela manhã. Vejo-o, mudo e de visão turva, sabe quando é hora de andar. Quando lhe perguntam se consegue entender algo do que faz, seu Sebastião grita, sem expurgar nenhum som. Grito de procura pela quantidade do que sente.

Seu Sebastião encara-o, sente o labirinto na aorta desburocratizar a língua que tanto dizem ser deles e apenas deles, e volta pelo mesmo caminho, apreciando as sombras que lhe cercam.

Igual à rotina desaforada de seu Sebastião, vejo-o atravessar a língua arisca como uma bala perdida na Rocinha até uma criança perder o fôlego à espera de uma vida melhor.

A violência só muda de endereço.

No outro dia, o senhor meu vizinho ouve o mesmo questionamento e a cada manhã é um exaurir diferente, porque vê as sombras que lhe rodeiam a pupila e isso basta para encontrar palavras mudas dentro de si.

Seu Sebastião encara e apenas volta.

É que seu Sebastião sabe que toda a gente sabe que pensa que sabe tudo o que precisa saber. Pré-requisito de ser o que não se pode dizer.

Vibro por seu Sebastião, percebeu que seu inventar cria um não. Um não de algo visto nas sombras matinais e mudas. Um não, não mais limitativo de perder-se na própria urdidura que os outros dizem conhecer.

Seu Sebastião é cego, um pouquinho turvo e sabe disso. Se pudesse, gritava para todo mundo ouvir nessa rua que passa o medo da história se repetir.

Se repete.

Já não tem mais forças para fingir ver. Contenta-se, pois sabe que quando bater a ventania oca, esse saber exila ruídos silenciosos. Sua voz ressoa, incomoda o corpo que não se ilude no reflexo de se inserir na semelhança. Semelhança essa que ele nem sabe o que é, mas o questionam trivialmente a cada passo. Eles só sabem sê-lo dessa maneira, como num combate dissimulado de convencê-lo que deve conhecer algo que o faz ser.

Seu Sebastião encara-o e apenas volta pelo mesmo caminho de fachada ornamentada, decompor as palavras.

Se pudesse, seu Sebastião diria que é mudo, de visão turva, e contenta-se em ver nas sombras o grito mudo do vislumbre de não se questionar em tudo que não possui.

Velocidade que lhe faz abrir a boca e ir de encontro às transparentes frestas. Seu Sebastião é do tamanho do medo. Axé! O mistério do mundo ainda vive. Resistimos.

# JULIANA THEODORO

é jornalista, mestra em Ciências da Comunicação e especialista em Estudos da Mídia e do Jornalismo. Mulher negra brasileira e amazônida, vive no Porto há seis anos. Trabalha como criadora de conteúdo e leitora crítica.

## A primeira palavra

Era uma ensolarada tarde de outono quando Manuelzinho resolveu falar a sua primeira palavra. O menino, de brilhantes olhos azuis e cabelos loiros — que iriam escurecer anos depois — era o orgulho da família comum de olhos e cabelos castanhos. O pequeno Manuel mostrava que aquela não era só uma família portuguesa, mas uma família verdadeiramente europeia.

Os avós e a mãe do menino conversavam sobre amenidades, como a greve dos transportes públicos — que atrasou o pai do pequeno pela manhã, com as estradas ainda mais engarrafadas — e a audácia dos colaboradores da empresa do primo Nuno, que já se recusavam a trabalhar no Natal. "*Eles nem têm a família por perto, para que fazem tanta questão da data?*"

Entre esses tipos de questionamentos sensíveis, Manuelzinho resolveu mostrar o som de sua vozinha:

*Onbus onbus onbus*

A voz fina chamou atenção da família que se encheu de fofura com os barulhos que o pequenote fazia. Demorou ainda alguns segundos para que percebessem o que se passava. O menino, em pé à frente do sofá, olhava fixamente para o seu tablet que cantava:

*A roda do ônibus roda, roda, roda, roda, roda, roda, a roda do ônibus roda, roda pela cidade...*

O pânico se espalhou pela família. Era evidente que não era a primeira vez que o menino ouvia aquela música. Estava a ser mal influenciado! O Youtube deve ter exibido todos os vídeos disponíveis do Panda, e passou automaticamente para o conteúdo de outros países.

O pai do menino, quando chegasse do trabalho, teria que tomar conhecimento da situação. A avó de Manuelzinho reclamava para a mãe, dizendo que o menino não podia usar a internet sozinho. A mãe se contentava em repetir sem parar: *autocarro*, *autocarro*, *autocarro* para o garoto, que ignorava completamente o seu desespero.

O avô permaneceu calado. Pensava na vergonha que era ter o neto falando daquele jeito. Se pelo menos fosse uma palavra em inglês ou francês, então Manuelzinho seria um prodígio, praticamente um poliglota com apenas dois anos. Mas *ônibus* era inadmissível! Como poderia continuar a reclamar daquele tipo de sotaque, que infelizmente cada vez mais se ouvia no país, com o neto a usar as mesmas palavras?

Medidas drásticas foram tomadas para reverter a situação. O tablet de Manuelzinho foi controlado. Aos poucos todos foram convencidos de que as primeiras palavras do pequenucho foram autoclismo e aldrabão, palavras tipicamente portuguesas e comuns entre crianças de dois anos. A família e os amigos se impressionaram com a habilidade de Manuelzinho com as palavras.

Aos poucos o ônibus foi sendo esquecido. Manuelzinho, depois de autoclismo e aldrabão, passou a falar sanita, esferovite, telemóvel e, finalmente, autocarro. O *ônibus* ainda o visitava de vez em quando, nas músicas que ouvia com os amigos do colégio ou nas legendas dos filmes online.

Por mais que Manuelzinho nunca tenha se dado conta, a escolha da sua primeira palavra ainda é considerada por muitos a primeira ação anticolonialista puramente portuguesa.

# LARISSA CINTRA

nasceu em 1996 em Brasília e vive em Lisboa há quatro anos. É mestre em Artes Cénicas pela FCSH/NOVA-Lisboa. É atriz, cantora, criadora e dramaturga. Debruça a sua pesquisa e criação artística na palavra, na existência, no humano e no ato corajoso de ser estrangeira.

## Cara de terra

Hoje pela manhã o sol incidia no chão da cozinha. Não na totalidade. Parte da cozinha permanecia no mesmo escuro húmido de outono. Mas havia um feixe de luz no chão. Eu não preciso vos contar mais nada além disso. O feixe de luz suspendeu três fios de cílios. Caídos no chão, restaram ali os desejos desfeitos de alguém. Esquentaram até virarem pluma. No movimento de fervura semelhante ao estouro de um grão, a pluma subiu, leve como o vento. Escapou por uma rachadura na parede. Estático, Joaquim, acompanhou toda essa viagem. Pareceu-lhe uma vida. Foi capaz de despertar um sentimento profundo de nostalgia. Não sabia bem se era o cheiro, o calor do sol ou a imagem da pluma a voar. Mas tinha a certeza que já tinha estado ali, naquele mesmo momento. *Não sou daqui,* constatou em silêncio.

Na famosa Avenida de Berna, o barulho ensurdecedor dos veículos recordam um rugido. Este bonito nome desta bonita avenida foi alterado em 1910. Era isso que Joaquim lia, em um panfleto semanal do bairro. Antigamente, chamava-se Rua Martinho Guimarães. Foi alterada no mesmo decreto que determinou que a Praça do Brazil passaria a se chamar Largo do Rato. Joaquim riu com desconforto. Achava engraçado isso dos nomes e das honras mudarem. Mas algo naquela publicação tirava-lhe a paz. Prosseguiu sempre a olhar para os paralelos, rumo ao número 37. Todos os dias, sem saber o porquê, o jovem Joaquim sentava-se na esplanada daquele pitoresco café. Já não sabia quando havia começado com esse costume. Sentava-se na cadeira em que tinha a visão frontal da Igreja Nossa Sra. de Fátima. Fazia sol. Muito sol. Joaquim era um homem pequeno que não chamava a atenção das multidões. Poderia ser ele, José, Gonçalo ou António. Ele poderia ser ela e ainda assim não o notariam. Tinha cara de terra. Já ouviram falar desta teoria? Diz-se para além-mar que um recém chegado tem cara-de-algum-lugar. Cara de terra. Cara de território. O franzido da testa tem morada. A de Joaquim seria Avenida ou Rua? Joaquim não se lembra de nada. Mas neste dia, eu posso vos dizer que a primeira coisa que lhe disseram foi que ele não tinha cara. Contrariando por completo a teoria. Joaquim estava fixado na Igreja à sua frente. Sem perceber, aproximou-se de si uma senhora. Nunca tinham se visto antes. Dona Leonor era tia avó dos donos e havia chegado há pouco para ajudá-los. O barulho da rua ajudou para que a sua chegada soasse sorrateira. A senhora lhe serviu o café mais forte e amargo. Quando ele agradeceu, com o seu tom açucarado, ela sorriu surpresa e disse: *Ora, nem tens cara de...* Uma buzina alta soou no semáforo. O café parou no meio da garganta como um comprimido entalado. Joaquim, ao balbuciar uma tosse, ouviu a senhora complementar um pouco desconcertada: *É um elogio, digo.* A senhora se afastou com naturalidade. Joaquim sentiu um desconforto maior do que o normal. Parecia já ter escutado algo semelhante antes. Ele não era homem de se questionar, nem ao menos conseguia se lembrar da maior parte dos seus dias. De onde vinha esta sensação? Afinal, Joaquim teria cara ou não?

Num súbito arranque, lançou 50 cêntimos com violência sobre a mesa. Marchou com a urgência de um batalhão. Seus olhos, fixos nos paralelos. Ainda não sabia seu destino. Sentiu uma força invisível empurrá-lo para o chão. Seus joelhos sentiram uma tábua de madeira e os seus olhos suados olharam devagar para cima. Avistou uma cruz. Um Cristo. Um socorro. Começou a falar sem deixar escapar o som. Via-se somente os lábios em histeria. Dizia: *Meu Deus, como posso não saber quem sou? De onde vim? Para onde vou? O que me aconteceu? Quem foi que me tirou de mim? Porque este chão me causa náusea e comichão? E ainda assim, porque é que neste mesmo lugar sinto-me lar? Lembra, lembra, preciso me lembrar. Deve haver mais alguém como eu. Será que existem neste mundo outras vozes que se unam a minha, para assim quem sabe, tu, Deus, escutar o meu lamento? Faz me lembrar de mim e haja o que houver, me deixa, por favor, me deixa ficar aqui.* O seu raciocínio lancinante foi interrompido pelo eco de uma nova voz naquele recinto. Paralisado, Joaquim conseguiu apenas olhar de rabo de olho. Avistou um rosto familiar. Dona Leonor fazia suas preces diárias. Ali, muito perto de seu corpo. A senhora, de olhos fechados e mãos entrelaçadas, finalizou sua reza com o habitual refrão: *Protege a nossa pátria, Senhor. E haja o que houver, leva, por favor, leva, todos aqueles que não são daqui.*

Naquele instante, Joaquim viu o feixe de luz entrar no meio deles dois pelo vitral da Igreja. Aquele mesmo feixe de luz e aquela mesma pluma. Já tinha estado ali antes, sabe se lá quantas vezes. Foi então que percebeu: *Deus só está confuso. É a oração dela que se une a minha, eu pedindo para ficar e ela pedindo para eu ir.* Lembrou-se. Não era dali, de facto. Mas o seu coração teimava em viver neste dilacerante dilema. Sorriu, em aceitação e sussurrou para si mesmo: *quem daqui for não conseguirá jamais perceber.* Corrigiu-se rapidamente: *entender.*

# LEIDY ROCIO ANZOLA CHAPARRO

é colombiana e tem 36 anos. Licenciada em "Educación básica con énfasis en humanidades: Español e Inglés", começou a trabalhar como professora das escolas públicas de seu país ao concluir a licenciatura, em 2010. Vive em Lisboa há três anos.

## Frio

Del dia de mi partida lo único que recuerdo, y que de hecho quiero recordar, es que mientras me alejaba apretaba con todas mis fuerzas el escapulario que había estado en la cabecera de la cama de mis padres siempre y que la noche anterior, antes de partir, fue el regalo de despedida que me heredó mi familia.

Después de tantas horas de viaje al llegar al aeropuerto, me quite el abrigo y continúe conversando con la persona que estaba sentada mi lado durante el vuelo y que no volví a ver por que fuimos enviadas a filas diferentes, volví a ponerme el abrigo, empecé a sentir frío. Durante la entrevista, con las preguntas incomodas que hacían, sentí culpabilidad, todavía no logro entender por qué.

Al salir del aeropuerto, me quite el abrigo, cogí mis maletas y espere por un taxi, al subirme indique la dirección para donde iba, el conductor solo respondió "extranjera" yo le dije que sí, mientras me ponía de nuevo el abrigo por el frío que sentía, esperaba mantener la conversación con el hombre, pero no volvío a pronunciar palabra durante todo el trayecto.

Me esperaba mi amiga de infancia, la que había partido hace varios años y solo había vuelto a ver hasta ese día, manteniamos contacto algunas veces por teléfono, no la recordaba de esa manera, le dí un abrazo, pensé que había tenido un mal día, no pregunté detalles, ella también llevaba su abrigo puesto; me acompaño hasta el cuarto que había alquilado y se fue de prisa pues me dijó que llegaría tarde a su segundo empleo.

El cuarto solo tenía una cama, una mesa y un pequeño mueble para la ropa, allí puse mi abrigo y algunos de los libros que traía conmigo. Salí a recorrer la casa, tenía cinco cuartos o eso creo, pues nunca los ví con la puerta abierta, un baño y una cocina; había horarios para el uso de estos dos últimos espacios, no decía nombres solo números de los cuartos. Minutos después llego la persona encargada de la casa, me pidió el dinero acordado por el alquiler y me dijo que estaría allí cada mes y que debía ser puntual pues ella no tenía problema en decirle a los extranjeros "Volta para tua terra", no respondí nada, volví a ponerme el abrigo, entregue el dinero e indique con la cabeza que había entendido lo que ella me dijo.

Un par de semanas después, conseguí un trabajo, no me importaron los largos turnos y lo poco que pagaban, había pasado un mes desde mi llegada y mi rutina era salir para trabajar y comprar lo necesario, volvía muy rápido casa, pues el frio que sentía en el trabajo, en el metro, en los parques, en las tiendas o en el centro comercial era insoportable, solo pensaba en llegar al cuarto para acurrucarme y llorar mientras escuchaba en la radio del cuarto de al lado como en las noticias anunciaban que hace muchos años no habían tenido un verano tan caliente como el de estos últimos dos meses.

## Frio

O que me lembro sobre o dia da minha partida, e que de fato quero lembrar, é que enquanto me afastava, segurei o escapulário que estava na cabeceira da cama dos meus pais desde sempre, e que à noite, antes de partir, foi o presente de despedida que herdei de minha familia.

Depois de tantas horas de viagem ao chegar ao aeroporto, tirei meu casaco e continuei conversando com a pessoa que estava sentada ao meu lado durante o voo e que não voltei a ver de novo porque fomos mandados para filas diferentes; coloquei meu casaco de volta, comecei a sentir frio. Durante a entrevista, com as perguntas incômodas que fizeram, me senti culpada, ainda não entendo o porquê.

Ao sair do aeroporto, tirei o casaco, peguei minhas malas e esperei o táxi, quando entrei indiquei a morada para onde ia, o motorista só respondeu "estrangeira", e eu disse que sim, enquanto vestia novamente o meu casaco por causa do frio que sentia, esperava manter a conversa com o homem, mas ele não falou mais durante todo o trajeto.

Minha amiga de infância estava me esperando, aquela que tinha partido há vários anos e que eu não mais tinha visto de novo até aquele dia, mantivemos contato algumas vezes pelo telefone, eu não lembrava dela assim, dei um abraço nela, eu achei que ela tivera um dia ruim, não perguntei detalhes, ela também usava um casaco; ela me acompanhou até o quarto que havia alugado e saiu às pressas porque me disse que se atrasaria para o seu segundo emprego.

O quarto só tinha uma cama, uma mesa e um pequeno móvel para a roupa, nele coloquei o casaco e alguns dos livros que trouxe comigo. Fui dar uma volta pela casa, tinha uns cinco quartos, eu acho, porque nunca os vi de porta aberta, um banheiro e uma cozinha; havia horários para o uso desses dois últimos espaços, não dizia nomes, apenas números de quartos. Minutos depois chegou a encarregada da casa, pediu-me o dinheiro combinado para o aluguel e disse-me que estaria lá todos os meses e que eu tinha de ser pontual porque ela não tinha problemas em dizer aos estrangeiros "Volta para tua terra", eu não respondi nada, vesti novamente o meu casaco, entreguei o dinheiro, e assenti com acabeça que eu tinha entendido o que ela disse.

Duas semanas depois, consegui um emprego, não me importava com os longos turnos e com o pouco que pagavam, já tinha passado um mês desde a minha chegada e a minha rotina era sair para trabalhar e comprar o que precisava, voltava para casa muito rápido, porque o frio que eu sentia no trabalho, no metrô, nos parques, nas lojas ou no shopping era insuportável, só pensava em chegar ao quarto para me aconchegar e chorar enquanto ouvia no rádio da sala ao lado como o jornal anunciava que há muitos anos eles não tinham um verão tão quente quanto o desses últimos dois meses.

# LIA CARVALHO

filha de Ogum e de São Paulo. Batizada como Júlia, em homenagem a uma senhora portuguesa que a mãe conheceu na adolescência. Em uma tentativa de se descolonizar quando aterrou em Portugal, cortou o nome só para Lia. Imigrante em Portugal há quase cinco anos, faz parte do Slam das Minas de Coimbra e, como todxs que aqui estão, segue resistindo nas ruas e nas palavras.

## **míngua a língua** — *dez de novembro de dois mil e vinte e um*

me despeço da lua e acordo o sol com o cheiro do café, como uma tentativa de me aproximar de casa e aquecer nossos três corações. sento na janela e abro o noticiário, com isso, meus beijos calorosos com a saudade são transformados em um encontro distante.

no site de notícias a manchete era: há crianças portuguesas que só falam *brasileiro.* a voz do silêncio, que tinha se tornado protagonista na sala, é interrompida pela dúvida que ecoa na minha cabeça: pode o português falar *o tal brasileiro*? as mais de cento e cinquenta e quatro línguas que dançam nos duzentos e doze milhões de céus da boca, que são ritmados com diferentes tons em carnavais de leste a oeste e liricamente cantadas de norte a sul; e, mesmo assim, há quem insista que *o brasileiro* é uma língua, ***única,*** e que o português do brasil é *o tal brasileiro*. me pego imaginando o susto dos netos dos *tais grandes navegadores* quando descobrirem que no brasil é falado bororo, aparaí, macu, guaraní, pirahã, tupi e outras tantas línguas, entre elas, o *português*.

cinco séculos de colonização para deixar a marca até na *nossa língua*.

e, com toda a ironia, é essa língua que retoma o calor do meu café, quando, no prédio vizinho, um *zuca* atende o telefone e, com o coração, fala: *ô mainha, que saudade d'ocê*. nosso sotaque não é o mesmo, mas mergulho em suas palavras e me sinto acolhida pelo tom da sua voz. suspiro aliviada quando, do outro lado do atlântico, escuto *os tais brasileiros*. porque é nessa pluralidade de sons que percebemos: lutar é uma constante. e é esse gerúndio que faz o sol continuar acalentando o hemisfério sul.

# LUCAS AUGUSTO DA SILVA

nasceu em 1990 em São Bernardo do Campo (Brasil). Autor dos livros *Revelação* (2017) e *Quarentenário & desjejum* (2021), é poeta e compositor. É mestre em Sociologia pela Universidade de Lisboa. Em 2020, foi co-organizador do livro *O Brasil contemporâneo e a democracia* (Outro Modo) em conjunto com outras/os companheiras/os do Coletivo Andorinha. Em 2021, organizou a *Antologia poética da imigração lusófona* (Kotter) que conta com poemas de 24 autores/as lusófonos residentes em Portugal.

## A Terceira Lei de Newton

Depois de analisar superficialmente a papelada, ainda com os óculos à meia altura do nariz, a mulher levantou a cabeça e disse:

— O problema, senhor Ivan, são as coimas de trânsito.

Ele lança contra você um olhar duvidoso. Gesticulando como se estivesse dirigindo um automóvel, inclusive trocando de marcha e simulando um zigue-zague com as mãos em um volante imaginário, você diz:

— As multas de trânsito, senhor Sujdik...

— E o que isso importa agora? - o turco responde com seu sotaque típico.

Para a atendente, você confessa:

— Eu nunca soube disso.

— Disso o quê? - responde a mulher.

— Isso das multas de trânsito. É nova essa lei?

A mulher masca um chiclete de nicotina e sua tanto naquela sala que escorre água do seu rabo de cavalo.

— Liga esse ar condicionado, Catarina — ela grita para a jovem colega ao lado antes de falar — bem, se depender do parlamento, a sociedade não move uma palha em direção ao civismo e à urbanidade.

Perdido na divagação da atendente, o turco te pergunta:

— Parlamento?

O chiclete de nicotina começa a fazer efeito e a atendente arremata:

— As *multas* de trânsito, senhor Ivan. O senhor é... um perigo.

— A senhora vai me desculpar, mas — você intercede a favor do seu cliente — não existe nenhuma previsão legal para a senhora negar um visto em razão da conduta no trânsito de quem quer que seja.

— Negar o visto? — resmunga choraminguante o homem. Das poucas palavras que ele aprendeu em português, a maior parte delas só é compreensível quando amalgamadas pela tristeza e a frustração.

Lendo o crachá dependurado no cashmere alentejano da mulher, você diz:

— É um belo casaco, senhora Elizabete — motivos azulados se destacavam por entre silhuetas de agricultores em bege.

— Obrigado, doutora — como usar o sétimo pecado capital a seu favor, não é mesmo? Notando a minúscula vitória que seu elogio provoca, você prossegue:

— O que acontece é que — a atendente mais jovem finalmente diminui a temperatura do ar condicionado e Elizabete desacelera os movimentos de leque que faz com a resma de documentos de Ivan — meu cliente trabalha com transporte de passageiros.

— Eu sei ler, doutora.

— Perdão?

— Eu li no formulário a profissão do senhor seu cliente. A senhora doutora não tem nada que — de pé, ao lado de Elizabete, Catarina encosta repetidas vezes o dedo indicador contra o topo do úmero da atendente mais velha como se estivesse apertando um botão que não funciona — O que é, Catarina?

— Já baixei a temperatura, senhora Elizabete.

— Haja paciência!

Mão espalmada contra mão espalmada e a cabeça suportada apenas pelo hiato entre elas, Ivan inicia uma reza precária. Dentro daquele gabinete, o cheiro não é disto, mas lembra muito à podridão de um rato em decomposição. Você checa o perfume das axilas e se certifica de que não, não é você a origem do fedor. O homem procura as horas no relógio da parede e, quando se dá conta do atraso, maldiz em silêncio todas aquelas pessoas ao seu redor.

— Quem mandou? — ele se pergunta em um tom ascendente — Minha culpa, minha máxima culpa — ele pensa em voz alta.

Na reunião que tiveram na semana passada, entre a certidão de antecedentes criminais e extratos bancários que comprovavam a regularidade com que Ivan recebia pelas viagens que fazia por aplicativo, você não se lembrava das notificações de multas, mas fixou a imagem de um cartão-postal. Flutuando nas águas do Tejo, a Torre de Belém se emancipava paisagem afora. No verso, o recado do amigo de Ivan vinha timbrado pela moldura de um convite. Com exceção do nome dele — Kerim Milad — você não compreendeu o que estava escrito, mas presumiu o conteúdo da mensagem pela caligrafia insinuante do homem.

— Se for preciso, o meu cliente tem dinheiro para pagar qualquer multa que esteja em atraso — você sente uma gota de suor ressecar em seu pescoço. Talvez esteja frio demais.

Elizabete revira os papéis e não encontra as multas para verificar se alguma delas havia sido quitada. Os bancos de espera estão lotados e a presença de algumas pessoas em pé começa a incomodar o chefe de departamento — todos o sabem pela velocidade com que ele bebe um copo de água num só gole.

— Eu deveria ter ouvido Kerim, Kerim é um bom homem — sem muito o que fazer a não ser esbravejar contra o destino, Ivan alterna palavras sacras em turco e expressões banais em português — Kerim me disse e Kerim é pai de família — segurando o seu pulso e olhando fixamente para dentro dos seus pensamentos, Ivan repete — um pai de família não mente nunca.

— Não encontro as coimas. Onde será que — Catarina se despede de Elizabete, já é hora do almoço —

espere um pouco, epá, Catarina, eu vou com vocês. As coimas. Eu devolvi para a doutora?

— Eu mesma nunca vi as tais multas, senhora Elizabete.

— Será que joguei no lixo? — e chafurdou a mão dentro da lixeira tirando de lá somente algumas gomas de mascar deformadas embrulhadas em pequenos pedaços de papel. Meio desiludida e um pouco surpresa, a mulher alça lentamente dois dedos em direção à boca, pinça o chiclete banhado em saliva e o esfacela contra uma pequeníssima faixa onde se distinguem três letras do alfabeto português.

— *Não confia em advogada brasileira*, Kerim dizia. Homem de bem, pena que a família está presa na Turquia.

Se der sorte, você convence Elizabete a renovar o título de residência de Ivan, sai dali e passa na universidade para pagar as duas mensalidades atrasadas. Sabendo disso, diz:

— Eu tenho um cashmere parecido com o da senhora — gigantesco e escorregadio, o chefe do departamento desliga abruptamente a única televisão do recinto, interrompendo o discurso do primeiro-ministro da Polônia a respeito da saída do país da União Europeia, aniquilando o entretenimento miserável da multidão de imigrantes roedores de unhas que espera na Sala de Espera. Enquanto isso, Elizabete engasga durante uma gargalhada profunda que ela própria não sabe dizer de onde vem, nem medir para onde vai.

— O senhor já experimentou o famoso choco frito de Setúbal, senhor Ivan? — o som imperante é o dos carimbos açoitando os documentos do homem — Um dia ainda morro de rir com este meu emprego — nicotina, um silêncio fúnebre de abandono, os vidros da janela embaçados.

# MARIANA VARELA

é escritora, poeta e mestre em Sociologia. Publicou *Enigmas de Jaguar e Jasmim* em 2019 e *Rotativa*, seu livro mais recente de poesia, pela editora Urutau.

Minha família joga tarot há muitos anos. Infelizmente, esse tipo de prática não nos tem rendido histórias boas: já não foi a sexta vez que, tendo feito um jogo ao consultado, algum tipo de desgraça ocorreu logo em seguida. Mortes, acidentes, encruzilhadas dramáticas. Alguns tarólogos dizem que a arte do Tarot consiste só de um mero jogo. É como gosto de perceber. Entretanto, não gosto de jogar muito para os outros, dado o histórico da minha família...

Sinto-me um ser em vestígios. Como uma parte da minha vida que se soltou para fora de uma outra página de livro; como um fio que cozi à beira da praia e devo continuar a costurar algures, nas tundras; como se tivesse entrado em uma peça de teatro e deixado atrás os bastidores. Chegar na Europa é sem dúvida entrar no grande palco de teatro forjado com o aço que não vimos; os bastidores, entretanto, estão mais além. Sonhamos em abandonar a chacina para encontrar a vida em paz. Mas não há paz. Se o mundo está fendido ao meio, ou em centenas de pedaços, nós também acabamos por nos fendermo-nos a nós próprios. Migrar trata-se, sobretudo, da arte de ser cortado e de juntar fragmentos.

Com esse pensamento andava pelas ruas de Lisboa, mal a peste havia estourado. Reforçadas as amarras de um controle invisível, em que de repente caminhar podia ser considerado um ato subversivo, sentia as fronteiras do mundo esgarçarem-se a cada passo que dava na rua. Andava, assim, um pouco perturbado pela experiência de tornar-me, ao mesmo tempo, estrangeiro no mundo, sem saber que passaria também a sentir-me estrangeiro em mim mesmo. Na verdade, não estive, até hoje, em nenhuma terra em que não me considerasse estrangeiro: às vezes olho-me no espelho e pareço estrangeiro até para mim mesmo...

Mas acordei na terça-feira, entre o sonho e o sono, e fui à leitaria da esquina, onde gosto de tomar um galão no pequeno almoço, ao lado de um croquete. Vou lá há muitos meses. Nessa terça-feira, entretanto, ao entrar, deparo-me com duas senhoras parrudas com alguns lenços de lã em volta do pescoço e casacos cor de terra. São beatas, penso. Conversam entre si com aquela maneira tão portuguesa, um pouco rabugenta, um pouco doce. Peço ao balcão o que preciso, enquanto as duas me olham da mesa que se situa ao norte de onde estou. Ao notarem que sou brasileiro, me oferecem um sanduíche por sua conta. Fico um pouco atónito. Não sei bem como responder à sua ofensiva. Uma sandes? Na verdade vim pelo galão e o croquete... Oferecem-no para mim. Olho-me, estranhado.

Será que estou mal-vestido? Essas senhoras estão me paquerando, ou acham que sou alguém que é preciso ajudar? Passam a mão sobre as minhas costas. Assento com a cabeça, deslocado e sem-graça, envergonhado mas sem a capacidade de desenvolver um raciocínio adequado ao que aquele acontecimento poderia significar. Por algum motivo que desconheço, deixo-me conduzir por elas e sento-me na mesa ao lado. Tratam-me com certa condolência, mas realmente toda a situação me parece muito estranha. Uma sombra de dúvida parece conduzir-me pela conversa a fora. Saio. Preciso tratar de burocracias....

Enquanto caminho pela cidade observo, entre o atento e o alheio, todo a arquitetura monumental que me envolve. Ainda que tudo isso se misture a edifícios mais simples, aos poucos uma certa história vai contaminando o espírito, e é fácil sentir-se uma espécie de duque ou duquesa indo à pastelaria todos os dias, tomar um galão e comer um croquete. O que acaba se tornando uma violência ao espírito para um ser que, até pouco tempo, caminhava pelas ruas abandonadas cheirando a enxofre no interior de Fortaleza. Os monumentos coloniais deveriam, como regra, ter sempre ao seu lado a barbárie a que são devedores. Nesse sentido nada mais sábio do que o que faz com a luz o barroco ou o marxismo com a matéria: uma coisa deve vir sempre acoplada ao seu oposto gerador, para clarificar a ideia, e não obscurecê-la.

Na quinta-feira voltei à leitaria, agora para tomar enfim o meu galão e comer o meu croquete em paz. Mas me enganei. Assim que entrei, o garçom me interpelou, puxando um assunto comigo que não entendi bem. "Então, o que está a fazer cá?!" Atônito e um pouco sem reação, respondi "Não sei, que faz o senhor aqui?!" Um pouco irritado com a minha resposta, o garçom retrucou, contrariado: "Estou a perguntar o que veio fazer fora do seu país" "Ah, o mesmo que vós, respondi, muito pomposo: vivo, trabalho, vou à praia: não tenho cola nos sapatos, os países são, afinal, porções de terra, umas mais verdes, outras mais avermelhadas: sob essas terras construo o meu caminho".

Avisto as senhoras beatas que me ofereceram o sanduíche. Acenam-me de longe. Vou matar-lhes, e fazer um *remake* de *Crime e Castigo*... Não. Vou colocar um pedaço de madeira com cupins no seu carro. Estilo *Aquarius*... não. Me aproximo e digo: minhas senhoras, agradeço imensamente a vossa generosidade em relação à sandes. Como retribuição — poderia abrir-lhes um jogo de tarot?

# MARIANO ALEJANDRO RIBEIRO

Mariano Alejandro Tomasovic Ribeiro nasceu em Buenos Aires em 1993. Publicou ficção, poesia e crónicas em vários jornais e revistas literárias. Traduziu poetas menores e não tão menores, do espanhol ao português e vice-versa. Alguns dos seus contos receberam prémios e menções em Portugal, Espanha e Argentina. *Bartlebyana* (Língua Morta, 2020) é o seu primeiro livro em prosa.

## Entre

*No tenemos lenguaje para los finales. Quizá un lenguaje para los finales exija la total abolición de otros lenguajes.**
Carlos Mastronardi

### i. Mapa

Por alguna razón, a los escritores les gusta perderse en la ciudad. La de ellos, la de los demás. Será porque le ejercicio de dejarse ir por los bulevares o pasajes ajenos y no meditados se asemeja a la experiencia de crear el plano de un texto. Recorrer inmergido en una ignorancia atenta, mientras que el cerebro traza un mapa; pulir ese mapa en un futuro, es muy parecido al arte de escribir.

---

* Es Ricardo Piglia en *Formas breves* el que atribuye la cita al poeta Carlos Mastronardi. En realidad, estos versos apócrifos son parte de un poema de Roberto Juarroz. *Nota del autor.*

Cuando un escritor domina más que un idioma, el ejercicio de perderse en la ciudad se complica: no solo los pies pisan la tierra, también las manos. El cuerpo se bifurca en el plano del texto. El tronco y la cabeza, llevados por las manos, insisten en ir hacia un lado, mientras las piernas, cargando una corona de caderas, va hacia otro. Pocas veces estos caminos coinciden. Pocas veces se ponen de acuerdo.

## ii. Exofonia

Los motivos por los que un escritor o escritora sienten que deben explorar en su escritura más que un idioma pueden ser varios. Se puede tratar de exiliados traumatizados, como Brodsky o Kristof, o de marineros arrastrados por las lides del mar, como el caso Conrad. Puede ser como Beckett e Ionesco, que buscaban el chiste en lo que no podían expresar, o como Gombrowicz y Kundera, infinitamente perdidos en traducción. Pueden escribir en la lengua menor, como Kafka o Canetti, o buscar algo de ellos en el idioma que dejaron, como Sylvia Molloy, Yoko Tawada o Valeria Luiselli. Pueden irse y volver, como un cachorro arrepentido, a la lengua que originalmente les pertenecía. Buscar amparo en lo otrora renegado. En lo que quisimos expulsar. Ese sería mi caso. Lo que es cierto y seguro, es que, en ese camino bifurcado, algo siempre se deja.

## iii. Fuga

Mi abuelo nació en 1928 en el sur de Portugal, y a los diez años, por hambre o cosa que le valga, se fue en buque a la Argentina. Yo nací en Argentina en 1993, y a los diez años me fui a vivir al sur de Portugal. Pese a todo ese tiempo que nos distancia, nuestras experiencias de vida, las idas y venidas, la práctica de lo insólito, nos acercan de una manera muy peculiar. Nos acercan de todos aquellos que, acostumbrados al desespero que causa vivir en un limbo, deciden solamente vivir, e intentan reducir la identidad para que sea más llevadera.

Vivir entre lenguas es un constante desafío a lo que interpretamos como identidad. Cuando se existe, no afuera de la tierra que uno pensó que le pertenecía, sino entre dos espacios que tomamos como nuestros, el desarraigo es otro. En el caso de los escritores, esto no difiere. Los pies se escapan, mientras las manos piensan qué decir.

iv. Revelación

Durante muchos años desee, acaso puerilmente, para curar de una vez por todas la enfermedad, amputarme las manos. Que el camino no se bifurcara. Las piernas, pavoneando orgullosas su corona de caderas, caminarían satisfechas por la ciudad-texto, incompletas pero seguras de cada paso. En ese entonces no comprendía que la amputación me reducía, y no me facilitaba siquiera la procura de propósito. Solo mucho más tarde, en una noche de viento, rodeado de gente que no hablaba mi idioma y en algo que se podría llamar ceremonia, descubrí; una voz que quizá fuese mía me dijo al oído que la cualidad de la unidad yace en su complejidad. En el conjunto deficiente está la perfección. Era una verdad absoluta. Desde ese entonces, sé sobre qué escribir. Sobre lo que está (entre), sobre eso escribo.

v. Ruina

Mientras caminamos, desmantelan la ciudad. Voces que son otros desarman lo que queda. Quitan piedras, chapas, se roban ventanas. Asusta, en un primer momento, pero después se entiende: la ciudad no es nuestra, no fuimos nosotros los que la construimos. El paisaje es terrorífico, pero comprensible. Se llevan la ciudad de a bocados. Las piernas no se mueven, tiemblan; las manos hacen todo el recorrido hasta terminar agarradas a la cabeza, en una imagen de desespero e incredulidad.

El paisaje desaparece. La ciudad-texto no nos pertenece porque no es una entidad, es un complejo de bulevares, pasajes, conventillos, cocheras y árboles milenarios que ni de cerca ni de lejos tienen aspecto de ser cosa sola. A los escritores les gusta perderse en la ciudad, hasta que la ciudad se pierde de ellos. El texto se desmantela en ese recorrido sin propósito y sin final, entre dos idiomas que lo intentan atrapar.

Quando um escritor domina mais do que uma língua, o exercício de se perder na cidade complica-se: não só

## Entre

*Não temos linguagem para os finais. Talvez uma linguagem para os finais exija a total abolição de outras linguagens.**
Carlos Mastronardi

### i. Mapa

Por alguma razão, os escritores gostam de se perder na cidade. A deles, a dos outros. Será porque o exercício de se deixarem ir por bulevares e passagens alheios e não meditados assemelha-se à experiência de criar o plano de um texto. Percorrer imergidos numa ignorância atenta, enquanto o cérebro traça um mapa; polir esse mapa num futuro é muito parecido à arte de escrever.

* É Ricardo Piglia em *Formas breves* quem atribui a citação ao poeta Carlos Mastronardi. Na verdade, estes versos apócrifos são parte de um poema de Roberto Juarroz. *Nota do autor.*

os pés pisam a terra, também as mãos. O corpo bifurca-se no plano do texto. O tronco e a cabeça, levados pelas mãos, insistem em ir para um lado, enquanto as pernas, a carregar uma coroa de ancas, vão para outro. Poucas vezes coincidem estes caminhos. Poucas vezes conseguem pôr-se de acordo.

## ii. Exofonia

Os motivos pelos que um escritor ou escritora sentem que devem explorar a sua escrita em mais do que um idioma podem ser vários. Pode tratar-se de ser exilados traumatizados, como Brodsky ou Kristof, ou de marinheiros arrastados pelas lides do mar, como o caso de Conrad. Pode ser como Beckett e Ionesco, que procuravam o chiste naquilo que não podiam expressar, ou como Gombrowicz e Kundera, infinitamente perdidos na tradução. Podem escrever na língua menor, como Kafka ou Canetti, ou procurar algo deles no idioma que deixaram, como Sylvia Molloy, Yoko Tawada ou Valeria Luiselli. Podem ir e voltar, como um cachorro arrependido, à língua que originalmente lhes pertencia.

Procurar amparo no outrora renegado. No que quiseram expulsar. Esse seria o meu caso. O garantido é que, nesse caminho bifurcado, haverá sempre algo que se deixa para trás.

## iii. Fuga

O meu avô nasceu em 1928 no sul de Portugal e, aos dez anos, por fome ou coisa que o valha, foi em buque para a Argentina. Eu nasci na Argentina em 1993 e, aos dez anos, fui viver para o sul de Portugal. Apesar de todo o tempo que nos distancia, as nossas experiências de vida, as idas e vindas, o exercício do insólito, aproximam-nos de uma maneira muito peculiar. Aproximam-nos de todos aqueles que, acostumados ao desespero que causa viver num limbo, decidem somente viver, e tentam reduzir a identidade para que seja mais suportável.

Viver entre línguas é um desafio constante àquilo que interpretamos como identidade. Quando existimos, não fora da terra que pensamos que nos pertencia, senão entre dois espaços que tomamos como nossos, o desenraizamento é outro. No caso dos escritores, isto não difere. Os pés escapam, enquanto as mãos pensam o que dizer.

### iv. Revelação

Durante muitos anos desejei, talvez puerilmente, para curar de uma vez por todas a enfermidade, amputar as mãos. Que o caminho não se bifurcasse. As pernas, a pavonear orgulhosas a sua coroa de ancas, caminhariam satisfeitas pela cidade-texto, incompletas mas seguras de cada passo. Por aqueles tempos não só não compreendia que a amputação me reduziria, como também não me facilitaria a procura de propósito. Só muito mais tarde, numa noite de vento, rodeado de gente que não falava o meu idioma, em algo que se poderia chamar cerimónia, descobri; uma voz que quiçá fosse minha disse-me ao ouvido que a qualidade da unidade jaz na sua complexidade. No conjunto deficiente está a perfeição. Desde esse momento sei sobre o que escrever. Sobre o que está (entre), é sobre isso que eu escrevo.

## v. Ruína

Enquanto andamos, desmantelam a cidade. Vozes que são outros desmontam o que fica. Removem pedras, chapas, roubam janelas. Assusta, num primeiro momento, mas depois entende-se: a cidade não é nossa, não fomos nós que a construímos. A paisagem é terrorífica, mas compreensível. Levam a cidade aos bocados. As pernas não se mexem, tremem; as mãos fazem o caminho inteiro até acabar agarradas à cabeça, numa imagem de desespero e incredulidade.

A paisagem desaparece. A cidade-texto não nos pertence porque não é uma entidade, é um complexo de bulevares, passagens, conventilhos, cocheiras, árvores milenárias que nem de perto nem de longe têm aspecto de ser uma coisa só. Os escritores gostam de se perder na cidade, até que a cidade se perde deles. O texto desmantela-se nesse percurso sem propósito nem final, entre duas línguas que o tentam capturar.

# MONISE MARTINEZ

é doutoranda no programa de Estudos Feministas no Centro de Estudos Sociais da Universidade de Coimbra (CES/UC). É editora e produtora de conteúdo para manuais escolares em língua portuguesa e espanhola, tendo trabalhado em diversas coleções aprovadas no âmbito do Programa Nacional do Livro Didático (PNLD) no Brasil. Estuda, desde o mestrado, as relações entre mídia, feminismo e religião, tendo como foco de investigação atual o segmento neopentecostal em contexto brasileiro. Tem um poema publicado em *Volta para tua terra: uma antologia antirracista/antifascista de poetas estrangeirxs em Portugal*, da Editora Urutau; publicou, em 2021, a plaquete *Fogo de Santelmo* pela mesma editora; e coordenou, nesse mesmo ano, a edição do projeto-livro *Potências feministas: papel e voz* (@potenciasfeministas) sobre escrita e feminismos.

## Sobre dinossauros, bolsofãs colonialismos e cortes de cabelo

Eu nunca gostei de dinossauros.

O tal do excelentíssimo, detesto desde a primeira vez que, ainda menina, no Brasil, ouvi «Tanto Mar», compreendi o significado da Revolução dos Cravos e odiei, já adulta, o autoritarismo do Reino do Mexilhão. Detestei-os mais, o excelentíssimo, quando passei a viver em Portugal. E mais ainda, é verdade, quando o notei mais vivo do que eu pensava no meu estrangeiro código postal.

Cruzo com o Salazar quando passo em frente ao monumento «Heróis do Ultramar», imponente numa cidade que se orgulha de ser enlutada. Perco-o de vista quando velejo pelo oceano colonial do qual ele não é mais do que uma onda. Imensa como são os hiatos que nos separam, Brasil e Portugal. Assustadora como a memória histórica e violenta que as ruas às vezes contam. Persistente como a determinação de quem, apesar disso, quer desconstruir a colonialidade portuguesa mapeando seu rastro sempre e em qualquer lado que não em Portugal.

Não é preciso ser tão transatlântico.

Dias atrás, por exemplo, fui cortar o cabelo e tropecei no busto do dinossauro. De moicano.

— Esteve sempre ali — disse o dono da estátua.

E eu nunca tinha botado reparo.

No lavatório, descubro que o PIB da China cresceu 300% em 2020. E que a vacina foi feita para nos matar. Levanto a cabeça, meio tonta, e sigo para a cadeira de barbeiro. No reflexo do espelho, vejo o Salazar de esquina. Na porta. «Que caralho estou fazendo aqui?», penso. Pergunta errada. Não passam dois segundos, aparece uma mulher oxigenada, sem máscara, e descubro que o Bolsonaro é bom e que *os brasileiros* estamos «bem-servidos de presidente».

Inclino a cabeça para trás, acompanhando o pente do cabeleireiro, e respiro fundo. Só naquela semana, penso, Manaus, Amazonas: gente sem oxigênio. Gente no meio do pulmão do mundo morrendo sem ar, asfixiada.

— O Bolsonaro você não defende na minha frente — digo eu, na sequência de expressões faciais desgostosas e vocativos pouco hostis que soltei no primeiro elogio feito a ele.

Bastou.

De repente a mulher era especialista em política brasileira contemporânea. Aprendo, como ouvinte passiva que me querem, que somos um povo rico lançado à miséria por uma corja de políticos corruptos sustentando vagabundos das artes e monstros de ideologias suspeitas. E a cada tesourada, surge um *colonialsplaining* interminável com um fim certo:

— Eu tenho muitos amigos brasileiros, então sei bem o que é que se está a passar, a menina é que não percebe nada disto.

Rio de nervoso.

— Tem amigos, mas não é brasileira — respondo, ríspida. — Eu sou e não concordo com o que você diz.

Não quero responder que apenas pessoas brasileiras

possam falar sobre o Brasil. É que, nestas situações, o «até ter amigos que são» serve apenas para disfarçar empatias e tentar desfazer fronteiras que não deviam existir, mas existem.

— Então vens para o meu país e me dizes isto a mim? — ela grita. — Atão o que veio cá fazer? — ela berra.

Brasil. Em Portugal, não raro, uma varanda tropical de vigilantes da língua narrando como bem entendem o que bem querem na hora que desejam na expectativa de que acatemos a autoridade de quem pensa que nos inventou. Eu tinha ido só cortar o cabelo, mas já não há como ser *só* nestes tempos. Neste lado. Em todo lado.

— Vivo no 'seu' país e não sou obrigada a concordar com o que você diz.

De súbito, sou fascista. E novas descobertas chegam na terra que não para de descobrir desde as caravelas. A Covid-19 é, sim, «uma gripezinha». O Bolsonaro «é que é um homem como deve ser». O problema do mundo é «esta gente sensível do politicamente correto». A mulher oxigenada não toma a vacina «porque não se faz cobaia à gente». E eu, brasileira e burra, devo aprender com essa bastiã da literacia portuguesa a ler o país onde sempre estou, mesmo sem estar, e o país onde a mulher não esteve, mesmo se um dia estiver.

Linha por linha, deixo de responder. «Não vou mais ouvir», digo repetidas vezes. E o solilóquio finda quando o corte termina. Ferida aberta, no entanto, não cicatriza. Ficou perfeito, o corte, vejo no espelho: propositalmente desigual, como é o mundo; mais curto atrás, como é o tempo do silêncio da mulher; mais longo na frente, como é o tempo da minha raiva em silêncio.

A mulher está calada e sapateia o chão impaciente.

Pé ante pé caminho para o balcão onde se paga. Da porta, sempre ali, o Salazar me olha de soslaio. Imóvel como as estátuas são. Tempestivo porque não se fazem mais cadeiras como antigamente. Contente, aposto, com o crescimento do Chega nas presidenciais há poucos dias. Ansioso, penso, para encarnar nas capas pretas.

Saio do salão como quem sai do inferno e sente o frescor do purgatório. Vou pelas ruas até a minha casa. E a minha casa é um senão na curva da terra de que a mulher diz ser a dona.

Eu nunca gostei de dinossauros.

Os excelentíssimos, merdas de patentes, detesto ainda mais. Portugal não é a única casa onde habitam. E não é só isso também. Mas, hoje — e ontem — é e foi isso também.

# MURILO B. LENSE

nasceu em Curitiba, em 1989, e vive em Lisboa. Já teve contos e poemas publicados em antologias como Livro dos *Novos II* (Travessa dos Editores), *Nebulosa* (coletivo Obscenidade Digital), *Volta Para Tua Terra* (Urutau) e *Prêmio Off Flip Poesia 2021* (Selo Off Flip). Em 2021, publicou o seu primeiro livro, *É Prudente Matar Um Calado* (Kotter). É redator publicitário, formado em Comunicação Social pela UFPR e também criador do perfil de Instagram *Se Poema Fosse Funk*.

## A casa das mudas

Estavam fora de controle e já não havia mais retorno, constatou o senhor Oliveira ao observar as plantas pela casa. Ainda se lembrava do dia em que apanhou aquela primeira estaca, no jardim da vizinha da quadra ao lado — nem sequer a conhecia, mas supôs que ela não iria se importar. Quebrou o ramo no ponto certo e o levou para casa, onde o pôs numa vasilha com água. Semanas depois, quando as raízes rebentaram, foi tão grande a sua alegria que passou a cometer o pequeno delito mais e mais vezes. Nalguns dias colhia plantas daquela mesma vizinha e por vezes do jardim de outros habitantes das redondezas. Ramos e mais ramos das mais variadas estirpes. Depois que as raízes brotavam, o senhor transportava as mudas para um vaso com terra, onde poderiam se desenvolver. Algumas delas vingavam, outras não, o que não o impediu de apanhar mais plantas e assim formar a sua coleção pessoal, com variados aromas, texturas, cores e sabores.

Com os muitos vasos já espalhados pela casa, exibia os ornamentos às visitas, com orgulho. No princípio vendeu algumas das mudas, envoltas pelos mais belos cachepôs, mas logo percebeu que ganharia ainda mais se vendesse apenas as flores, as ervas, as sementes, os aromas e, enfim, o que quer que produzissem. Os negócios prosperaram, até o momento em que algumas das plantinhas começaram a crescer demais. Esticavam-se para fora dos vasos, espraiavam-se pelas paredes, adentravam nos móveis, nos ralos, nos vãos das janelas. Bem, toda aquela exuberância trazia algum encanto, mas o senhor Oliveira achou que era o momento de podar os galhos. E assim fez, apenas para descobrir que, na primavera seguinte, as plantas cresceriam ainda mais robustas. O senhor então decidiu limitar a iluminação, mas não sabia ele que, algum tempo depois, elas irromperiam ainda mais alongadas e impetuosas. Não esperava o senhor que as plantas se desprendessem dos canteiros, que se alastrassem pelos cantos girando e bailando em busca de cada fatia de sol.

A casa estava tomada e o senhor Oliveira já não sabia o que fazer. Ainda que apreciasse das plantas os seus temperos, as suas curvas, a sua alegria e a sua beleza exótica, ainda assim se sentia apreensivo ao ver os cômodos tomados pelas folhagens, como uma mata tropical que transpunha as janelas e se lançava ao jardim. Por que é que simplesmente não paravam de crescer e de ocupar cada fenda, cada quina, cada cano? Por que é que não podiam ser comportadas e discretas como dantes?

Entretanto, ao reclamar aos seus amigos sobre o contratempo, ouviu falar num tal jardineiro da cidade que tinha alguma experiência com o tema. Foi logo encontrar o tal jardineiro, que lhe falou de um produto excelente para dar um chega naquela situação. "Calma, que eu não quero dar cabo das plantas todas", advertiu o senhor, mas o jardineiro lhe disse para ficar descansado, porque o produto só iria atingir as plantas invasoras. O senhor relutou um bocado, mas acabou por confiar, afinal as circunstâncias estavam fora de controle.

Comprou o tal produto e, ao chegar em casa, aplicou-o como indicado na embalagem. De repente, como mágica, viu as plantas começarem a definhar e por alguns minutos sorriu, realizado, até que ouviu um baque vindo do telhado. Deve ser uma telha solta, pensou, mas a seguir ouviu uma sequência de ruídos como aquele e um grande estalo numa das vigas, que se partiu e invadiu a sala de estar como um osso de fratura exposta. Tudo tremia. As paredes pareciam desmoronar e também o senhor Oliveira ruía, asfixiado com o forte odor do produto que havia aplicado. Daqui eu não saio, pensou, a casa é minha, elas é que saiam, elas é que morram. Agachou-se embaixo da mesa, pegou no telefone, ligou para o jardineiro e o inquiriu, falando com dificuldade: "Não tinha dito que aquele veneno era só para as plantas invasoras?!" ao que o jardineiro respondeu: "Sim, senhor Oliveira, é isso mesmo... mas, sabe, até o mais singelo dos musgos já um dia invadiu uma fresta". E o senhor quis perguntar o que diabos o jardineiro queria dizer com aquilo, mas não conseguiu, pois sufocava, enquanto o teto continuava a desabar. Tomado por um súbito instinto de sobrevivência, tentou escapar dali, rastejando em meio aos escombros em busca de um pouco de ar puro. Mas era tarde e, antes que chegasse à porta, viu-se soterrado pelas paredes que as plantas já não sustentavam. Jazia prostrado, como um arbusto. Joelhos e ramos sobre um chão que nunca foi seu.

# NINA GRILLO

nasceu em Brasília, em 1996, mas é do Rio de Janeiro. Vive no Porto, desde 2012. É poeta.

## Trata-se de Porto Seguro

O tempo me fez ruiva em todas as fotos da escola, que ficaram ao sol, naquele verão em que a geladeira estragou, o *freezer* descongelou, o leite azedou e a minha mãe brigou comigo diversas vezes ao dia, porque, mais uma vez, ainda não tinha as malas feitas. Tentei sempre deixar as despedidas para o tempo depois da *mala* feita — uma só, não mais, para praticar a desimportância, relativizar o compromisso, diminuir o bilhete só de ida, questionar o encargo que é abandonar o que se entende por casa, com o coração às costas. Estava de mudança definitiva, como quem diz curiosa pelo enfiar do dedo na tomada, mas ainda tentando evitar. Quase homéricos, os esforços para terminar a mala pareciam regredir durante a noite, num aguardar eterno pelo depois do depois. Tive medo, quase sempre, que acabasse por não dar o tal tempo — de dizer algo mais que tchau para quem ficasse —, mas torcia com tanta força, para que não desse. Disputa-se territórios diplomáticos com a saudade, desde então. Não me despedi, até hoje.

Falar de línguas é falar de sopro e tempo. Não será à toa que a junção dos lábios superior e inferior se chama rima, anatomicamente. Tenho facilidade em replicar sons, tirar pronúncias de ouvido, o meu talento foi sempre o camaleónico, de camuflar sem misturar. Num início ingênuo que perdura, em parte, até hoje, explorei a habilidade pelo gosto de driblar radares, de passar despercebida porque conseguia. Se começou assim, hoje entendo que continuou por alguma necessidade. Percebi que resolvia assuntos vários, mais rapidamente, ao imitar. Não se perdia, assim, tempo em olhares atravessados, desconfianças veladas, em vieses implícitos e presentes. Aprende-se rapidamente: português de casa fala-se com amigos, aspirantes, conterrâneos e amores de uma vida. Serão estes os que não acharão por bem, repetir cada palavra proferida de volta, em forma de eco mal conseguido, de articulação estranha e tosca, por vontade de fazer graça ou por vontade de domesticar. No dia em que escrevo o que quer que isto seja, ligo e desligo o interruptor, que disfarça, como quero. Que não caia eu no despropósito de entender como liberdade o cárcere, que fiz de mim.

Num pedaço de papel político, com nome próprio, Tratado de Porto Seguro, entre Brasil e Portugal, é garantido, ao brasileiro — que terras portuguesas adentre e lá se estabeleça de forma regular, por pelo menos seis meses —, quase todos os direitos do português nativo. Por aqui, torna-se necessário esclarecer que falo de gente, e não de língua. E então que voz é essa, que por vezes arrasta, arranha, enrola e chia, mas que não gageja ao baforar farofa, cafuné, chamego e borogodó, e que, agora, até vota, se assim entender? É voz de brasileiro povo, de português língua, ocupando, em papel, igual lugar de português povo, de português língua. Na dúvida do que vergar a itálico, não se verga. De quem se faz casa e quem se faz visita também não se fala, por ser pouco relevante, apesar do contrário ser postulado, muitas vezes em voz alta, de púlpito importante e em Português correto, agora sim e, obrigatoriamente, em maiúscula. Ora, o vinho da casa será quase sempre bom, o salário mínimo será de seiscentos e sessenta e cinco euros, graças a deus, o aluguel de um apartamento no Porto poderá custar oitocentos euros, dependendo de onde for, paga-se trinta pelo passe de metro e anda-se à vontade até o lugar onde se finge não se fingir mais. Não falha, a língua será mãe, invariavelmente, mesmo que seja por aí que tentem separar os seus filhos. Tentemos não titubear.

Há seis anos, entrava eu no carro e ia até Matosinhos. Ontem, entrei no carro e foi o carro a me levar até lá. Hoje são quase dez anos depois, e tudo anda. Do Brasil guardo imãs de geladeira desbotados. Um passado 3x4, com múltiplas versões de mim cunhadas pelo sol. Há memórias com colas diferentes e os hinos descartáveis serão aqueles, que mais se canta. Há milagres que só acontecem às sete da manhã, num Rio de Janeiro de quarenta graus. Milagres com sono, milagres suados. Ponho data em tudo, para não esquecer que há dias depois dos outros. Se brasileiro passa a ser língua, em detrimento de um português irmão, deixa de existir povo, passa a existir povinho, em tempos de ainda não. Éramos, realmente, uma cambada de poucos, que não perderam, instintivamente, a saudade de habitar o espaço, como se habita em si. Hoje somos mais. Procura-se Porto Seguro tratado, ainda não nos despedimos da ideia, ainda não.

# NOEMI ALFIERI

escreve, é investigadora e migrante. A sua escrita é atravessada pelas preocupações à volta da violência, do gênero, do colonialismo, da opressão capitalista, da propaganda e das construções raciais. É italiana, a viver em Lisboa.

## Amor, acordei e os fascistas estavam no parlamento

A falta de aquecimento nas casas em Portugal é um problema sério: acorda-se, pela manhã, com a sensação de que a água da atmosfera passou a integrar a composição do teu esqueleto. Os ossos ficam assim, parecidos com uma peça de *fast food* qualquer, estaladiços por fora e fluidos por dentro, quase a quererem-se adequar à humidade do ambiente: levantar-se vira uma árdua tarefa.

Só que hoje acordei e os fascistas estavam no parlamento. Esquece aquela carta que te queria escrever, falando de como o nosso encontro gerou a dissolução do meu eixo espaço-tempo-imaginação, ou da outra sobre a importância que a raiz quadrada de 324 teve na minha vida. Precisamos de outros recursos estilísticos, agora. Sempre que tento abandonar-me ao intimismo, as voltas do mundo abanam pensamentos e escrita: haverá espaço para o amor, se nem sequer assim te consigo chamar?

É difícil, sabes, ser mulher. É difícil crescer no universo da militância, quando a militância tudo te tirou, tão impossível ao mesmo tempo desmarcar-se, viver sem ela. Há mulheres como eu que vivem assim, divididas entre mundos que por vezes parecem inconciliáveis, fincando o pé contra a podridão e mantendo, teimosas, a ternura. Elas encontram-se silenciosamente junto à água, nos momentos vagos, imaginando os seus corpos a dissolverem-se nela e dela a saírem de novo.

Só que hoje os fascistas entraram no parlamento e eu sinto o que já senti, noutras alturas, noutros países e lugares que como este me pertencem: o sistema falha, mas renova-se e volta com mais garra. Os predadores estão sempre à porta e eles tentam arrancar a fechadura à força, à custa dos pobres, dos racializados, dos frágeis, de quem ainda é humano o suficiente para não se conformar com esta penúria.

Então peguemos no nosso calçado mais resistente e vamos para a rua, que ontem já era tarde. Amor, acordei e os fascistas estavam no parlamento.

# SAMARA AZEVEDO

é atriz, iluminadora, produtora e performer multimídia. Escreve poemas, textos acadêmicos e políticos. Dança nos palcos, se manifesta nas ruas e às vezes ao contrário. Tenta finalizar um doutoramento nas Belas Artes da Universidade de Lisboa.

## A vista do Rio

Ela tinha uma vida tranquila. Um emprego estável. Um namorado médio. Uma melhor amiga. Um cachorro que se chamava *poney*. Um apartamento alugado de um quarto. Uma vista da janela da vizinha. Uma TV de tubo retrô fora de moda. Um cartão de crédito com parcelamentos. Um perfume importado guardado para datas especiais. Um perfume nacional para o dia a dia. Um vestido preto sensual preparado para um *date*. Uma calça jeans para o trabalho. Uma dieta nem muto rigorosa, nem muito ruim. Um pé de boldo fácil de cuidar. Um portátil com a tela rachada no canto superior direito. Um par de óculos ligeiramente frouxos.

Ela tinha uma vida incerta. Não tinha certeza do jantar à noite. Não sabia se contaria com a ajuda do pai. Não percebia se o emprego precário seria seu no mês que vem. Não levava consigo um sonho realmente significante. Não era de fazer compras. Não ganhava presentes em aniversários. Não gostava de comida natural. Não abria mão do cigarro. Não estava preocupada com as contas no final do mês. Não possuía nem cachorro, nem gato, nem papagaio. Nem plantas. Não dispunha de bons casacos de inverno. Não contava com uma mala confiável. Não conhecia a quem deixar um adeus.

Se encontraram no 32 B e no 32 C do voo noturno para Lisboa da empresa que tem país no nome.

Ela ia para estudar. Uma especialização de administração. Um curso em outro país para diferenciar o currículo. Um cachorro *poney* no colo fora da caixa em baixo do banco na janela. Um casaco de inverno maior que ela. Um sorriso encantado por estar chovendo. Um tapa-olhos com flores e cheiro de lavanda. Uma licença do banco onde trabalhava no emprego estável. Uma aliança na mão direita que prometia o casamento planejado na volta. Um copo de vinho branco. Um copo de água. Um prato de peixe para manter a dieta. Uma sobremesa de frutas para manter a dieta.

Ela ia para tentar. Um emprego que desse para pagar as contas. Um quarto perto do rio. Uma foto da mãe guardada na carteira. Um pavor estampado na cara pela primeira vez no ar. Um pensamento no mês que acaba a parcela da passagem. Uma jaqueta jeans com cotovelos rasgados por estilo. Um mês de seguro desemprego em reais para comer alguma coisa em euros. Um celular com a tela quebrada colocado no modo avião. Um copo de vinho tinto. Outro copo de vinho tinto que se diz francês. Um prato de carne picada incluído no preço. Um cheesecake pela novidade.

Ficaram as duas primeiras horas em silêncio. Dormiram o sono leve de quem precisa se levantar caso a outra vá ao banheiro. Conversaram nas duas últimas horas.

Ela nem lembra o nome da faculdade. Nem sabia se queria seguir carreira de gestão. Não gostava de doces de ovos. Não tinha certeza se era o cara da sua vida. Não sentia nenhuma saudade da mãe. Não relaxava em lugares calmos. Não dispunha de paciência com quem estava começando. Não recordava a última vez que tinha se inscrito em uma academia. Não pensava no valor do gás pois tinha em casa o encanado. Nunca precisou de auxílio do governo. Não duvidava que seu caminho aconteceu pelo seu mérito. Não acreditava no socialismo.

Ela não tinha certeza o nome da cidade. Não sabia se era Lisboa ou Leiria. Não anotou o telefone da dona do apê. Não levou desodorante em spray. Não pressentia se a grana que economizou dava para o mês. Não julgava ter medo de desafios. Nem de trabalho. Não queria que sua irmã ficasse desabrigada. Não recordava o contato de emergência para colocar no formulário. Não pegou covid. Não foi a nenhuma festa desde que soube das notícias. Não fez a raiz do cabelo. Não dançou aquela última música. Não lembrava de ter passado tanto aperto antes dos últimos anos. Não terminou a faculdade de enfermagem. Não conseguiu arcar com a dívida da mãe.

O avião aterrizou e foram quase as últimas a passar pela porta da frente esquerda. Agradeceram à aeromoça. Atravessaram o corredor com as malas de mão. Entraram na fila de imigrantes. Separaram passaportes, comprovativos de morada, cartões de vacina e resultados de testes. Trocaram números de *whatsapp*. Prometeram se encontrar lá fora.

Ela tinha todos os documentos de estudante. Ele, não. O *poney* ficou retido pela falta do exame feito trinta dias após a vacina. Ela chorou, gritou. Perguntou se sabiam de quem ela era filha. Disse que ligaria ao advogado, ao empresário, ao papa para resolver. Sentou em cima da mala com o corpo encurvado e segurou o *poney* no colo.

Ela entrou como turista. Disse que ia passar férias na casa da Catarina. Que eram amigas da escola. Ela ouviu o choro e os gritos e os latidos. Ela ficou entre triste pela quase ex-amiga e aliviada de não ter a feito amiga. Entrou no uber e descobriu que o seu quarto era em Lisboa. Que tinha ainda um sofá e duas janelas. De frente pro rio. Pro Rio que ficou do outro lado do atlântico.

# SURINA MARIANA

é uma escritora e ilustradora brasileira freelancer em Portugal. Publicou em 2015 *O mundo sem anéis*, um relato sobre sua viagem solo de 100 dias de bicicleta pela Espanha. Neste momento se dedica a publicar *108*, seu novo romance autobiográfico contando a história dos anos em que viveu num centro de meditação. Suas pinturas e publicações podem ser encontradas no site www.surinamariana.com.

## Cleonice

— Um remédio para sarna

— Pode repetir?

— Um remédio para sarna.

— Sarna?

— Sarna. Um remédio para sarna.

Ninguém poderia imaginar, ninguém saberia dizer como se sentia Cleonice no balcão da farmácia de Santiago de Cacém, costa alentejana, quando fez o pedido de Acarilbial 277mg. Baixinho, para ninguém ouvir (a farmacêutica, no máximo). Baixo, para nenhum dos clientes que esperavam na fila descobrir que debaixo do jeans escuro (apertado), sob a jaqueta forrada de pelo (artificial), uma colônia cor-de-rosa vivia.

Cidade construída sob o campo macio da Pele: a Sarna. Espalhada em pontos minúsculos feito faróis no

oceano, uma Atlântida particular. Ninguém saberia dizer como Cleonice se sentia quando saiu da Farmácia Central às quatro e quarenta e cinco da tarde levando no saco de papel o líquido dourado. Os clientes abriram caminho. Sob a máscara, o senhor gordo de óculos deu um passo mais longo do que o necessário. Boca invisível, o que ele pensava não era difícil de notar. Os olhos diziam

: que tipo de gente pega sarna hoje em dia?

Não era bem isso. O que ele dizia era uma palavra, uma única palavra

: infestação.

A de ácaros no corpo da menina, a de gente suja na farmácia.

Cleonice, por outro lado, tinha outra palavra quando abriu as portas para ganhar distância dos clientes e do balcão. Na calçada, já anônima e desconhecida, ela podia de novo
respirar.
A palavra dela era *Expiração,* repetida em silêncio
com o ar que entrava
e saía

entrava
e saía.

Às cinco e dezoito cruzou o semáforo e girou a maçaneta do outro lado da calçada. Ninguém poderia saber o que Cleonice sentiu quando leu sozinha em voz alta as instruções de Acarilbial como se fossem poesia:

*Passar o creme à noite*
*por baixo do pescoço*
*Esterilizar roupas a 60 graus*
*colocar em sacos plásticos*
*Roupas de cama, trocar diariamente*
*aplicar o creme uma segunda vez*
*nas áreas contaminadas.*

*Áreas contaminadas,* pensou curiosa sobre o próprio corpo, esquecendo logo na distração com o pensamento que veio em seguida, *Deus, faz frio em Portugal no inverno.* Muito mais frio que em Curitiba. Na casa da mãe não havia janelas de vidro duplo como aqui, *corre fechar, Cleonice, que tá entrando um vento encanado me matando as costas,* ela gritava da cama.

Cleonice olhava o passaporte recém-chegado em cima da mala procurando disfarçar a culpa de deixar maminha doente para tentar a vida no além-mar.

Mas isso é passado. Voltando ao presente e aos ácaros, eles gostam da noite. A coceira é como um festival de luzes que se acendem de uma vez na pele, fazendo Cleonice ressuscitar do cinza sonâmbulo de dezembro num momento de explosão. Depois que o sol se põe é que os bichos da sarna colocam a cabeça pelos poros, estendem o pescoço para fora da pele e ali, rompendo o limite entre corpo e mundo, respiram como um mergulhador de volta à superfície
: a maravilhosa sensação de primeira vez.

De dia ela mal nota a coceira sob o avental. Caldo verde, bitoque de porco, bife estrelado, o cliente estendendo a mão para pedir um cafezinho, um pingado, uma meia de leite, um galão, a sobremesa.

— *Veio cru.*

O homem que almoça todo dia às duas tem o hábito olhar-lhe perna, coxa, peito. Em Curitiba, hemisfério sul, faz calor agora. O cliente tem sua própria maneira de separar o mundo em duas metades.

— *Não é português que você fala, sua língua é o brasileiro.*

Ela não responde nem sorri. Tudo que Cleonice pode é odiar.

Mas as palavras, como sabemos, não são a única forma de dizer. A gorjeta, ele faz questão de entregar para o gerente, nunca para ela

— *Pela tua garçonete gostosa*

, imitando um sotaque carioca. Cleonice, por sua vez, prefere devolver o troco sentando todos os dias por meia hora na cadeira onde ele senta, a primeira à esquerda depois da porta. Almoça ali, um pouco antes do horário da reserva, esperando que os ácaros da sarna pulem da calça para o estofado da cadeira, e do estofado para as pernas dele.

Que de bonitas, aliás, não têm nada.

Ninguém poderia saber o que Cleonice sentia quando tirou o casaco, depois a blusa de lã, camiseta, sutiã, ceroula, calcinha. Parece que se despedia. Não era alívio, não era libertação, não era tristeza. Alguns sentimentos são tão errados que ainda não criaram nome para eles.

Quem é que se apega a uma coceira? Mas era o que de mais honesto lhe tinha acontecido. Se elimina os ácaros com o creme, põe fim também à vingança contra o homem, à explosão na pele, aos segredos que se dividem numa comichão à meia-noite, à força que deixa a cadeira e a vida quentes enquanto dezembro entra.

Ela lembra de uma frase que leu num livro, ou muro, ou estação de ônibus. *Toda criatura que respira tem um coração partido.* Não importa se é uma menina de dezesseis anos ou uma família de ácaros. Ninguém poderia imaginar o que Cleonice sentia às sete e quarenta e cinco da noite. O telefone na mesa

desligado.

A música tocando.

Parede.

Creme escorregando pela pele,

ácaros que sufocam em silêncio nos sacos plásticos.

Telefone mudo.

Cidade vazia.

Cortinas fechadas.